RELATOS MIERDOSOS 2

Otra antología basada en la saga
COMO BATIDO DE MIERDA

UNA PRODUCCIÓN DE
COPRÓFAGOS LITERARIOS©

RELATOS MIERDOSOS 2 VVAA©

Editora: Clara Melis
Ilustrador: Francisco de la Vega
Corrector: Martín Alejandro Calomino
Imágenes interiores hechas con IA

Primera edición: Diciembre 2024
ISBN: 979-830-29-8651-1
Impreso por AMAZON

Todos los derechos quedan reservados.

¡ADVERTENCIA!

Este libro contiene lenguaje inapropiado y escenas obscenas. Algunas descripciones podrían considerarse depravadas, repulsivas y grotescas. Sin embargo, nada de lo que aquí encuentre posee ánimos de ofender o agredir a nadie. Se recomienda leer con discreción. No incluye barf bag.

*A esas hadas que, con su danza
hacen de mi palo una lanza*

"[...] Y profanáronse, con múltiples brochas de carne, las rosadas paredes de la Capilla Uterina". —Rascapijismo Ilustrado y Otras Manualidades, por Ucleto Van Obdulio.

--

"Cierto día, mientras un excelso grupo de anatomistas estudiaba los rugosos bordes esfinterianos de una paciente, el entonces joven Friedrich Nietzsche exclamó: "Cuando miras largo tiempo al abismo, el abismo también te mira a ti". Con lo que, en un arrebatado acto netamente narcisista, los hombres desenfundaron sus penes y comenzaron a cascarse delante de aquel boquete."—Anales del Bukkake, por Arancio D'Alaimo.

--

"Habrá solo látigo, del derecho y del revés, para el tonto peón con sueños de burgués. Su voz será siempre acallada y su cola, fuertemente martillada." —Reflexiones de Mingitorio, por Giorgios Porongóculos.

--

"Le atrae el olor de mi amapolla, le brota polen de la chocha". —Versos que enamoran, por Ranulfo Garete.

CONTENIDO

PRÓLOGO
(BREVE ESTUDIO DE UNA GENEALOGÍA FECAL)
Julián Contreras
13

INTRODUCCIÓN
Maximiliano Caballero
17

PATO-MAN, EL FRACASADO DE LA NOCHE ASCIENDE
Martín Calomino & Juan Rousseaux
19

ASSPOOP
Maximiliano Guzmán
53

PESTILENCIA
Elizabeth Rivadeneira & José María Calvo
67

GOLDEN BOYS
Erika Wolfenson & Franco Rozano
77

¡ME LA CEPILLO! (SOUNDTRACK)
Emanuel & Cristian Melis
85

PÉRDIDA DE LA VIRGINIDAD
Andrés Francisco García Santana
89

CACA
Hugo Frankenstein
95

UN DIOS ENLATADO
Maximiliano Guzmán
107

MI PUEBLO QUERIDO
Emanuel Melis
145

SISTER DOLL
Melisa Rey
147

**COMO BATIDO DE MIERDA
THE MUSICAL: THE SHOW MUST GO ON**
Milo Russo
155

BOCCATO DI CARDINALE
Andrés Francisco García Santana
171

CINERAMA
Hernán M. Ferrari
175

CARTAS DE UNA GERONTO-LOVER
Natalia B. Alvez
185

VACACIONES DE VERANO
Cristian R. Melis
189

SOBRE LOS AUTORES
227

**UN ADELANTO DE
COMO BATIDO DE MIERDA 3**
235

PRÓLOGO
(BREVE ESTUDIO DE UNA GENEALOGÍA FECAL)

Julián Contreras

La literatura argentina siempre entró (o salió) por detrás.

Los defensores de las buenas costumbres, horrorizados con el ano de Batman, ignoran u olvidan que en «El matadero» de Echeverría, el estiércol es el instrumento de crueldad de unos niños rapaces que se burlan de una tía vieja con la cara manchada de sangre. Hacia el final de la obra, antes de reventar de rabia, el unitario interceptado por la chusma intuye su analidad amenazada: «Abajo los calzones a ese mentecato cajetilla y a nalga pelada denle verga, bien atado sobre la mesa». Aunque la génesis del texto tuvo lugar entre 1838 y 1840, esta sangrienta pieza fecal, varada en las vísceras estreñidas de un campo cultural en formación, se publicó unos treinta años después.

Más inesperada es una expresión inaudita en el Facundo, la magnánima obra del Padre del Aula, Domingo Faustino Sarmiento. En el capítulo «¡¡¡Barranca-Yaco!!!», surge este fragmento: «…si alguna vez un hombre ha apurado todas las heces de la agonía; si alguna vez la muerte ha debido parecer horrible, es aquella en que un triste deber, el de acompañar a un amigo temerario, nos la impone, cuando no hay infamia ni deshonor en evitarla».

Nuestra literatura está llena de heces bajo sus uñas: «¿Saben ustedes qué cosa es un bolo fecal?» (Leopoldo Marechal); «Veneran asimismo a un dios, cuyo nombre es

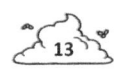

Estiércol...» (Jorge Luis Borges); «Por el ano desocupé» (Osvaldo Lamborghini); «Me lo ha confesado: no va bien de cuerpo...» (Juan José Saer). Con semejantes antecedentes cloacales, nadie ha expresado mejor la salvaje represión de la fase anal de la cultura argentina que el eternamente marginal y marginado Néstor Perlongher: «La privatización del ano, se diría siguiendo al Antiedipo, es un paso esencial para instaurar el poder de la cabeza [...] sobre el cuerpo: "sólo el espíritu es capaz de cagar"».

Hay placer en la mierda. Goce estético y erótico. Pulsión de vida en la abyección. Materia de arte en aquello que es tenido por desecho destinado a la fosa séptica. En palabras de sus autores: «La ingeniería literaria del mal gusto».

Este libro integra una saga que, contra lo que pueda indicar nuestro sentido común, se inscribe en una tradición escatológica que ha nacido entre las nalgas de un unitario hasta llegar, chorreando y a los pedos, a las Islas Malvinas con Los pichiciegos de Fogwill: «Cagar de día es arriesgarse a ser visto y bajado de un tiro. [...] Pero cagar de noche con ocho grados bajo cero es un infierno, aunque al revés».

Hasta ahora, esta genealogía fecal está compuesta por nombres de ilustres caballeros, pero hay mujeres y disidencias cuyas escrituras se relucen tras la superación de los cólicos patriarcales: la mierda ocupa un lugar angular en ciertos cuentos de Mariana Enríquez; José Sbarra no discrimina abyecciones, pero su campo de interés escriturario se extralimitó a los dominios del ano. Un personaje de La Virgen Cabeza de Gabriela Cabezón Cámara se queja: «Estoy harta de estar pisando soretes, no hay zapato que aguante...». Siendo la sustancia que da nombre a esta saga un elemento tan presente en la narrativa —la poesía se las debo—, su propia potencia revulsiva impide que muchos escritores prefieran hablar de ella. Yo mismo reconozco evitarla. Porque hay que tener un estómago disciplinado para sostener lo repulsivo.

Estas escrituras territorializan una materia que

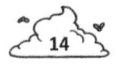

mayormente ha sido capitalizada por otras corrientes como el realismo sucio del Norte global. Si el sistema literario es verticalista, si son «los de arriba» los que pautan qué y cómo se debe escribir, es «desde abajo» o a los costados, en los márgenes, por atrás, donde pueden expresarse literaturas tan válidas como los poemas que hablan sobre arreglos florales y palacios de mármol.

Lo más infecto y riesgoso está en las orillas, sobre la tabla en la que nos sentamos como reyes para expulsar aquello ominoso que definimos como desecho, pero cuya viscosidad y consistencia habla de cómo funciona el interior del ser humano.

INTRODUCCIÓN
Maximiliano Caballero

Este libro es el resultado de una convocatoria abierta para autores noveles, en su mayoría de géneros literarios muy disímiles. Al igual que la vez anterior, sus condiciones fueron las siguientes:
1) Haber leído "COMO BATIDO DE MIERDA" y su secuela, de Cristian R. Melis.
2) Elegir a un personaje o un suceso específico de la historia.
3) Construir un escenario alterno para el desarrollo de la trama.
4) Confeccionar un relato o un poema escatológico.

La idea consiste en deleitar al lector con la impronta que cada uno de estos autores vierte sobre su ficción, sin necesidad de imitar el espíritu de la obra base. Por esta razón, es posible que en ocasiones los personajes se repitan; no obstante, ello no minimiza ni estropea en grado alguno la originalidad del relato, ya que cada historia aquí es única.

Como se espera, sus páginas están plagadas de anécdotas bizarras, terroríficas, pornográficas, eróticas, humorísticas y mucho, mucho más. Todo ello, por supuesto, sazonado con una pizca de asquerosidad al más fiel estilo Melis.

De existir diferencias con respecto a la primera entrega, sin duda es que esta cuenta, si se quiere, con relatos aún más repulsivos y sucios, siendo algunos de ellos escritos a cuatro manos. Asimismo, cada historia en esta antología viene acompañada de una ilustración a color, que tendrá por objeto brindar al lector una experiencia aún más gráfica e inmersiva.

Cabe destacar además el agregado de nuevas voces literarias, quienes indiscutiblemente han aportado una buena dosis de ingenio y creatividad a este infame y censurable crossover.

Por último, es menester mencionar que, si a esta obra le faltaba algo, era la innecesaria incorporación de un soundtrack con tintes altamente groseros. Se recomienda abordar este material con absoluta discreción. ¡Están advertidos!

Hasta la próxima.

PATO-MAN, EL FRACASADO DE LA NOCHE ASCIENDE

Martín Calomino & Juan Rousseaux

*Los vecinos de aquel pueblo eran gente
tan desinteresada que ninguno se alarmó
al ver a un tipo semidesnudo, cubierto con una bata,
asomarse peligrosamente a la azotea del hospital.*

De algunas cosas estaba seguro Gervasio.

Primero, abandonaría esa camilla de hospital hedionda y cagada.

Segundo, se cobraría con creces lo que le hizo Cuca-boy. A él, a Leticio (quien de a poco recuperaba su mandíbula dislocada a pijazos) y a todos a los que esa abominación había sometido. La internación le había dado tiempo para planear "el golpe", y aunque aún no estaba seguro de cómo, cuándo y dónde, sí sabía que iba a vengarse.

Pero ahora mismo necesitaba llegar a casa lo antes posible. Ni sus amigos ni su novia habían ido a visitarlo una sola vez a ese hospital con aspecto de neuropsiquiátrico. Caminó abstraído en sus pensamientos cuando de repente se chocó con una señora que salía de un edificio. No recordaba su cara. ¿Tantos días de encierro le borraron la memoria? Por lo general, cuando un pueblo es chico todo el mundo se conoce, pero él no la recordaba. ¿Acaso sufría de demencia senil temprana?

—¡Cuidado, pibe! Casi me tirás al piso —gruñó la vieja, agarrada al picaporte. Sostenía un manojo de llaves en su otra mano a la altura del busto.

—Disculpe señora, venía concentrado y no la vi —Él se rascó los huevos, tratando de recordar de dónde la conocía.

—¿Cómo que señora? ¡Pendejo de mierda! Se-ño-ri-ta.

Ya la recordaba. Era la conchuda del 3º piso, la antigua vecina de Isidra.

—Ah, es usted, ¿cómo va el negocio? ¿se acuerda de mí? —Le preguntó más por compromiso que por otra cosa. Le costaba relacionarse con la gente y cualquier excusa era buena para practicar.

—Bien pibe, gracias. La clientela subió después de que lograron desarticular la empresa esa de los batidos, muchos de los consumidores quedaron re manijas y lo más parecido a un batido de caca...

—De mierda —expresó, altivo.

—¿Qué?

—Los batidos eran de mierda, no de caca —Gervasio se sentía feliz, creía que mantenía una charla enriquecedora.

—Es lo mismo, pelotudo. ¡Por eso tu novia te gorrea! Bueh, como te estaba explicando, después de que cerraron la fábrica de batidos, muchos vinieron por mis servicios y, bueno, a muchos los tengo como clientes fijos.

—Wow, ¿y qué es exactamente lo que ofrece? Estuve mucho tiempo encerrado, pero me encantaría volver a saborear uno de esos batidos —Se le hacía agua la boca por probar un sorbo de los famosos batidos de Raimundo. Un hilo de sangre le corría por la pierna. Debería parar un poco e improvisar uno de esos almohadones para las hemorroides, a ese hospital no volvería.

—Viendo y considerando que estás en pelotas, asumo que no tenés un peso partido al medio, pero porque te conozco, te voy a dar una degustación.

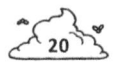

—¿Como en los supermercados donde uno pasa y se sirve sin pagar? —Gervasio estaba fascinado por la oferta que se le presentaba. Hacía rato no la ponía, y sea lo que fuere que esta señora tenía para ofrecerle lo tomaría.

—Pasá, pasá. Sacáte esa bata asquerosa y tiráte al piso.

—Permiso.

Gervasio entró y pasó a la cocina. Se sentía intimidado y excitado por el momento de intimidad. No sabía lo que le esperaba, pero la intriga había hecho que su gusanillo se despertara. Hizo lo que la mujer le ordenó. Con manos temblorosas, se sacó la bata y la apoyó en el respaldo de una silla. Se tiró al piso de costado, la panza le colgaba.

—Boca arriba ponete —Ella levantó la mirada, cansada. Algo la atraía del pelotudo pero no sabía qué era. Su novia (la mugrienta del 2º piso a la que había denunciado porque de su puerta emanaban olores fétidos) había tenido que mudarse. La situación se volvió insostenible luego de que una tropa de cucarachas invadiera el lugar y amenazara con tomar el edificio. Creyó haber escuchado que las cucarachas no estaban sindicalizadas y que ella las tenía trabajando en negro o una cosa por el estilo—. Dale pibe, no tengo toda la tarde.

—¿Así está bien? —A Gervasio le brillaban los ojos, ilusionado. Se sentía una quinceañera a punto de dar su primer beso.

—Está perfecto. ¿A dónde la vas a querer? —Ella hundió sus dedos en el elástico de la tanga de encaje amarillenta, desgastada de tanta lavandina.

A Gervasio, quien con una mano se frotaba las tetillas y con la otra se amasaba la larva que tenía como miembro, se le heló la sangre. Tenía una leve sospecha de a qué se refería, pero no estaba seguro. Nunca le había comentado a nadie su secreto más oscuro.

—¿Q-Qué? —dijo.

—¡Que a dónde la vas a querer! Dale pibe, que ya está por salir. No cago desde ayer.

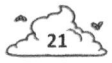

Él la observaba desde su posición. Era un espectáculo, como estar dentro de una pintura de Botero. La tenía encima, con las piernas abiertas sobre él, y la sola acción de despegarse la tanga de la cartuchera de carne fue comparativamente similar a estar abriendo una lata de arenques del Mar Báltico fermentados. ¡Qué delicia de surströmming!, se dijo. Hasta olía igual.

—En el pecho está bien —Logró articular al borde del éxtasis. Sudado, pasaba los dedos de una de sus regordetas manos por la mata de vello negro enrulado que cubría su panza.

Como si de una fábrica de fideos se tratase, un canelón fino color marrón verdoso comenzó a salir del orificio anal de la mujer. El proyectil cayó, enroscándose en el pelambre de Gervasio cual rosca de pascua. Se sentía extasiado. Muchas veces le había pedido a su novia Isidra que se lo hiciera, que le cumpliera una de sus más oscuras fantasías, pero ella se había negado rotundamente con la excusa de que todo el asunto era un asco.

Saliendo de arriba del muchacho, la vieja juntó sus piernas, manoteó la esponja de lavar los platos y se la frotó por el asterisco dejándolo reluciente. Miró de reojo el piso de su cocina; en muy contadas ocasiones había usado su casa como punto de encuentro para desempeñar su trabajo. El pibe gordo se chupaba los dedos como quien come pollo con las manos y volvía a la tarea de frotarse el pecho y las tetillas mientras se estimulaba lo que parecía un clítoris enorme. Ahora entendía por qué en el departamento de la mugrienta de su novia entraban y salían flacos todo el tiempo: con un aparato como ese no podía satisfacer a nadie.

Ya casi no quedaba nada del humeante pastel de bosta que segundos antes decoraba la panza del bebé de manatí.

—¿Estaba rico? —Ella intentó alcanzar la tanga que, enrollada, descansaba donde debería estar el tobillo. Tuvo que ayudarse con unas pinzas que encontró en el

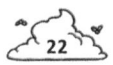

seca-platos, ya que si se agachaba mucho corría el riesgo de caerse y no quería que el pelotudo creyera que el servicio incluía una revolcada por el piso de su cocina.

—Mmmm... sí, hace cuánto no probaba algo tan suculento. ¿Cosecha tardía?

—A juzgar por el color y los pedos que me estuve tirando antes de tropezarme en la calle, debe ser del almuerzo del lunes.

—Estamos a jueves. ¿Ravioles? —Gervasio trató de adivinar, saboreando los restos pegados en la encía y el paladar.

—Cerquita. Canelones de espinaca —La tipa se sobó el vientre—. Si querés darte una ducha antes de irte, podés usar el baño. No hay agua caliente. En un rato me tengo que ir a visitar a un cliente, así que apuráte.

Gervasio rodó por la cocina y, ayudándose con los brazos, trepó una silla y a los tumbos se metió en el baño. Nunca había estado ahí, pero conocía de memoria el camino puesto que el departamento era idéntico al de su novia. El festín ya le estaba haciendo efecto. Le hubiera gustado acompañarlo con pan o galletitas, pero... a caballo regalado no se le ven las muelas o algo así, no recordaba bien el dicho y pronto tampoco recordaría su propio nombre.

Prendió la luz.

Sin mirarse al espejo, corrió la cortina de plástico llena de moho de la ducha y se metió. Abrió el grifo y se ubicó bajo el chorro de agua. Se sintió purificado. Hacía meses que no se bañaba, en el hospital se encargaba de higienizarlo un enfermero trolo con una rejilla que olía a humedad. Ahora que el agua helada le daba de lleno en la nuca, comenzó a pensar en los planes con lo que tantas noches había soñado, postrado en esa camilla de hospital. Tarde o temprano se vengaría de esa cucaracha libidinosa que se hacía llamar Cuca-boy.

Esa criatura del demonio había arruinado su vida, su

hombría y su ojete. Las imágenes que se reproducían en su cabeza (Él poniéndole las manos encima y asesinándolo) eran cada vez más vívidas. Entonces empezó a girar en el lugar y, en una de sus tantas vueltas, extendió los brazos y la cortina se le pegó al cuerpo. De un tirón y todavía con los ojos cerrados, arrancó el barral y cayó al suelo.

Abrió los ojos y se incorporó ayudándose con el inodoro. Recién ahí pudo verse reflejado en el espejo. La cortina lo cubría casi por completo y, como en una epifanía, halló la pieza que le faltaba para llevar a cabo su plan. Una capa, se dijo reconfirmando lo que había estado craneando en la azotea del hospital. Eso sin dudas lo convertiría en superhéroe.

***

Su barriga subía y bajaba al compás de sus respiraciones profundas. La remera le quedaba corta y no por chica, sino porque su prominente vientre sobresalía cual ballena. Sus ronquidos sobrepasaban la media de sonido, haciendo vibrar pequeños elementos sobre la mesa de luz. La cama se encontraba plagada de restos de comida chatarra, y en la cocina había algunas tazas con restos de café descansando sobre la mesada, esperando a ser lavadas. La luz del mediodía penetraba en toda la estancia.

De repente, algo lo despertó. Un sonoro pedo lo hizo saltar de la cama. Descalzo fue corriendo hacia el baño, donde un torrente cuasi diarreico casi lo lleva con San Pedro. En el camino le tocó esquivar ropa, zapatillas, su nueva capa y un sinfín de cosas, ya que, desde su internación por el boquete en el orto por parte de una cucaracha humanoide con un pene descomunal, nadie había vuelto a poner un pie en el departamento.

Con el dedo meñique se sacó un moco y, mientras lo amasaba pasándoselo por el resto de los dedos, planeó su itinerario. Otra vez no había agua. Ahora apoltronado en

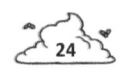

el bidet, decidió posponer la higienización de su destruido asterisco. ¿Cómo era posible que hayan vuelto a cortar el servicio? No recordaba haber pagado una boleta en su vida. Se limpió el upite con el rollo de cartón del papel higiénico y se felicitó por ello. No tiró la cadena, sabía que iba a tener que acostumbrarse a la nueva normalidad y que seguramente las cucarachas harían el resto.

Se enfundó en lo que, de ahora en más, sería la piedra angular de su vida: su traje de superhéroe. Una tanga de color rosa chicle para tapar las partes pudendas, unos guantes de cocina anaranjados, una remera bastante maltrecha y un par de medias por si refrescaba. La cortina de baño que se había traído de la casa de la vecina de Isidra haría las veces de capa, y el par de ojotas que tomó de debajo de su cama ayudarían a no tener que salir a la calle descalzo.

Pero aun así faltaba algo.

No podía ir por el mundo combatiendo el crimen con el rostro descubierto, necesitaba una máscara. Revolvió la casa y lo único rígido que encontró fue el rollo de cartón del papel higiénico que acababa de usar. Lo frotó rápidamente contra la remera a la altura de la panza para limpiarlo un poco y se lo llevó a la cara. Unas tijeras y varias horas de Art Attack fueron entrenamiento suficiente para crear el antifaz perfecto. Le tomó cuarenta minutos frente a la tele y un par de dedos cortados pero lo consiguió. Ciertamente no era para nada lo que tenía en mente desde un principio, pero por el momento bastaba para salir a patrullar el barrio.

—Ahhhgg. ¡Qué gloriosa mañana!

Una vez en la calle, se acercó al cordón de la vereda. Se desperezó y llenó de aire sus pulmones, dejando al descubierto una panza desmayada y peluda que no llegaba a tapar la remera.

—Menudo olor a mierda —Balbuceó mirando la rendija de la alcantarilla—. ¿Qué habrá ahí abajo? ¿Será verdad

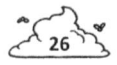

que existe una ciudad o es solo un invento del gobierno para que cuidemos nuestros desechos?

El barrio se despertaba y comenzaban los movimientos. Las madres llevaban a sus hijos a la escuela. Los vecinos que pasaban lo saludaban con expresiones de miedo e incredulidad, y en ocasiones aceleraban el paso. Todo el mundo prefería estar lejos de ese personaje vestido como para una fiesta de disfraces triple X. Le faltaba un arnés y más o menos estaba listo para la marcha del orgullo LGBTQI+. Cada año le añadían más siglas.

La idea de patrullar las calles de El Mirador Infeliz le traía a Gervasio la tranquilidad que necesitaba. La rutina de no hacer nada lo aburría extremadamente y siempre tenía esa necesidad de servir al prójimo. Rápidamente surgió en él la idea de este vigilante-vengador, de este héroe part-time. Un recuerdo repentino lo llevó al pasado...

Tenía cinco años y se encontraba en Parque Centenario. Sol a pleno, alegría por doquier, niños corriendo, vendedores de garrapiñadas, café y panchos a diestra y siniestra. Le había pedido a su mamá que le comprara más garrapiñadas. Iba por el tercer paquete y la leche chocolatada de la mañana ayudó a que se cagara sonora y estrepitosamente encima. La vieja charlaba con una amiga que los había acompañado mientras la mierda pringosa comenzaba a correrle por las piernas, saliendo de su pantaloncito corto y cayendo en el empedrado que bordeaba la laguna. Los graznidos no tardaron en escucharse. Cuando se percató, un séquito de patos había salido del agua e iba picoteando la sustancia marrón chiclosa, borrando las huellas de mierda que iba dejando. Todo iba bien hasta que el pato que marchaba en punta le picoteó una pierna. El dolor le hizo saltar en el aire, pero luego sintió una punzada en la otra pierna. Por último, el pato le incrustó el pico en la cola. A este se le sumaron cuatro más. El dolor fue duro, pero la limpieza profunda. Ya casi no había rastros de caca en sus piernas

y no se veía mierda entre los adoquines del excelente trabajo que realizaron los patos. Esto explica su amor por estos animalitos y porque decidió adoptar el nombre de Pato-Man.

Un grito de auxilio lo sacó de sus cavilaciones. Provenía de la casa frente al roble. Un hombre joven intentaba arrebatarle la cartera a una exuberante rubia tetona. La pechugona lo golpeaba incansablemente, pero el caco se aferraba a su premio cual piraña a su presa. Pato-Man estuvo sobre él en un santiamén. Su panza no permitía rodearlo con los brazos, pero con un movimiento especial de caderas, logró tirar al suelo al malviviente. De inmediato, el joven comenzó a gritar al ver a este enorme energúmeno bajándole los pantalones. La excitación de la caza puso los ojos rojos en Pato-Man, y en su desesperación sacó su micro-pene y empezó a violarlo.

Totalmente enajenado, el joven se lo sacó de encima cual babosa peluda, ya que el superhéroe no dejaba de largar cantidades considerables de saliva de su boca, las cuales caían sobre sus brazos, cabeza y piernas. En cuanto éste se hubo zafado, emprendió una carrera digna del primer puesto de la maratón de Chivilcoy, no sin antes morderlo en un brazo.

Dándolo todo de sí, Gervasio respiraba agitado por la nariz como un toro mientras se mordía el labio inferior; en una posición medio extraña, se siguió masturbando ya que el malviviente había logrado escapar. Con el rostro ardiendo, parecía un maorí haciendo el famoso haka haka. Sin prisa y con mucha pausa, del enrojecido y casi amoratado glande comenzó a filtrarse lo que se suponía era un poco de salsa de bolas.

—Con toda esta leche se podría acabar con el hambre del mundo —Se vanagloriaba el gordo. Su simiente le manchaba los dedos. Sintió que no tenía la consistencia que debía de tener. Era más pegajosa y le costaba despegárselo de las manos. Necesitaba inspiración, no podía pensar en ese estado. Todo el trabajo físico lo había dejado exhausto. No sabía cómo, pero intuía que este nuevo descubrimiento podría servirle de algo.

Todavía cachondo, Pato-Man se acomodó la sunga. La pechugona se apresuró entre lágrimas y asco a agradecer su valentía, ofreciéndole pasar a su casa para que se refrescara y, de paso, atenderle la herida.

La casa tenía una decoración bastante minimalista y medio sombría, con acabados marrón-dorado, jaulas como de zoológico y sogas gruesas que colgaban del techo. Se sentía como en ese videojuego de los años 90.

—Adelante. Elegí. Estoy segura de que perderás —dijo Gervasio, afinando la voz y levantando las manos.

—¿Perdón? —La tetona se arrepentía de haberlo hecho pasar.

—No, nada. ¿El agua?

Una vez en la cocina, le arrebató el vaso con agua de la mano. Estaba sediento. La mina no sabía qué más hacer para agradecerle y que se fuera, pero insistió tanto que el tipo terminó pidiéndole un favor.

—¿Que querés qué? —le preguntó, algo desconfiada.

—Por favor, defecáme en el pecho.

—¿Qué? —La rubia putona no salía de su asombro.

—Caca, necesito caca. Ese manjar, ambrosía de dioses que sale del rasca-huele.

—Sí, sé lo que es la caca. Lo que no termino de entender es para qué la querés —Hubiera preferido que el ladrón nunca hubiese aparecido o, de última, la hubiese secuestrado para no tener que estar lidiando con este pelotudo.

—Me da poderes —conjeturó Gervasio—. El poder de ver todo más claro, con perspectiva —Por lo pronto necesitaba entender de qué manera usaría la wasca pegajosa a su favor, pero no podía pensar si ella seguía haciéndole preguntas.

—Vos estás loco —escupió la rubia, tocándose las tetas.

Era cierto que la situación la asqueaba, pero no iba a negar que un poco la calentaba también.

—¿Me vas a ayudar o no? Me lo debés. Te salvé la vida.

Ella accedió; haría lo que fuera con tal de que ese hombre horrible se fuera cuanto antes de su casa.

—Cagarte no te voy a cagar, eso solo lo hago por plata.

Puta y emprendedora. Gervasio se rascó los huevos para tranquilizarse.

—Plata no tengo.

—Vení, acompañáme al baño, hay que curar esa herida.

—No, dejá. Mirá si esta mordida me da poderes y vos con tus curaciones me sacás la oportunidad de volar o tener visión de rayos X. Andá a saber qué maravillosos poderes podría adquirir siendo mordido por otros.

La rubia lo miraba sin poder creer realmente lo que escuchaba. No tenía pinta de tener cromosomas de más.

Una vez en el baño, buscando lo necesario para limpiar ese brazo, recordó que hacía semanas que no lograba despegar del retrete un arañazo de tigre que cada día se hacía más y más grande. Ni el sarro ni el depósito de agua (que no paraba de gotear) lograban despegarlo o ablandarlo un poco.

—Mirá —le señaló el inodoro con una funda floreada con volados que lo cubría. Lo destapó y un fétido olor la hizo retroceder. Ella tampoco tenía agua y las deposiciones de varios días descansaban ahí dentro.

—Mmm, creo que con esto será suficiente para saldar tu deuda.

Terminó de vendarle el brazo.

—Te dejo solo, voy a estar en la pieza de al lado. Espero que puedas encontrar la inspiración que estás buscando —ironizó con una risita.

Gervasio aireó su capa, se levantó el antifaz para no ensuciarlo y de rodillas fue ubicándose frente a lo que parecía una fuente de deseos. Hundió la cara hasta que con la nariz casi toca el agua. Aspiró fuerte y entonces

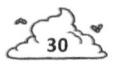

sucedió el milagro. Cerró los ojos y las imágenes se fueron sucediendo como en un cortometraje digno del Festival de Cannes.

Él atacando a Cuca-boy.
Él prendiendo fuego a Cuca-boy.
Él salvando a los habitantes de El Mirador Infeliz.
Él sobre una noria, ondeando su capa al viento.
Él siendo penetrado brutalmente una vez más por esa diabólica cucaracha portadora de una garcha elefantiásica.

—¡Nooo! —gritó a la vez que sacaba la cabeza del inodoro y cortaba la conexión.

Miró para todos lados, convenciéndose de que solo había sido una mala alucinación.

Desesperado, se levantó del piso ayudándose del lavamanos y corrió hacia la calle.

***

Esa noche, Gervasio se encontró hablando solo mientras patrullaba las calles de la ciudad. Estaba oscuro y era pasada la medianoche. No había un alma en la vereda; solo el viento y algunos gatos buscando restos de comida en la basura. De repente sintió un sonido proveniente de un callejón aledaño. Aguzó la vista y no pudo creer lo que veían sus ojos. En aquel pasaje estrecho minado de mugre, ratas y agua estancada, se hallaba su recontra-archienemigo, Cuca-boy.

El tipo estaba de espaldas, moviéndose espasmódicamente.

Gervasio se acercó con sigilo y pudo ver lo que hacía el desgraciado: ¡Se masturbaba de manera frenética! Casi con los ojos en blanco y a punto de alcanzar el clímax, Cuca-boy despertó de su relajo onanista de un terrible golpe en la mollera. Una piedra lo regresó a la realidad e inmediatamente lo hizo perder su fastuosa erección. Al intentar incorporarse, un nuevo golpe en la cara le aplastó la nariz, transformándola en una pulpa amarillo-verdosa,

que comenzó a chorrearle por la boca y el pecho.

Entonces, como por arte de magia, Pato-Man se corporizó delante suyo y volvió a atacar con un adoquín que tomó de la calle. Esto hizo que Cuca-boy trastabillase hacia atrás. En ese momento recibió un nuevo impacto de piedra. Esta vez fue el pecho de Cuca-boy que soltó un sonoro crack. Varias costillas (o vaya uno a saber qué cosa dentro de esa asquerosa cucaracha parlante) estallaron en mil pedazos. El dolor fue insoportable, pero Cuca-boy lo utilizó para incorporarse rápidamente.

Ni lerdo ni perezoso, Pato-Man tomó un palo que había tirado entre dos contenedores de basura. No era demasiado grueso ni parecía resistente, pero lo aprovechó para descargarlo sobre la cabeza de aquella estúpida cucaracha humanoide. Este cayó y se apoyó sobre los ladrillos de la pared. El héroe barrial no esperó a que se enderezara y comenzó una seguidilla de golpes por todo su asqueroso cuerpo.

Cuca-boy se encogió con cada golpe.

Pato-Man no dio tregua. Y no fue hasta que llegó a 20 porrazos que frenó.

Cuca-boy lucía devastado y sin posibilidad de reacción.

En un momento dado de la trifulca, Pato-Man sacó una tenaza del bolsillo y procedió a arrancar una a una cada una de las extremidades del malhadado bichejo. Acompañando cada desmembrada con insólitos y continuos improperios, vio caer miembros peludos, líquidos fluorescentes, saliva, sangre y mucosidades varias. El llanto de su enemigo era continuo y parecía que iba ahogarse en lágrimas, inclinado como estaba en un charco compuesto de su propia inmundicia. Entonces recibió una patada de lleno en el estómago. El dolor fue intenso e insoportable. La chancleta de Pato-Man conectó con su panza cargada de bilis y jugos gástricos; todos los cuales juntos soltaron un olor fétido que llegó hasta sus narices en cuanto abandonaron la calidez de sus entrañas.

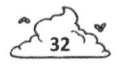

Mientras Pato-Man remojaba un pie en aquellas tibias sustancias, comenzó a reír. Gozaba tanto de su venganza que más que un héroe parecía un sádico o un enfermo mental. Sin más preámbulo, alzó el machete y rápidamente se dispuso a partir el cráneo de Cuca-boy. Fue dando machetazo tras machetazo, tras machetazo, tras machetazo, siendo el último el que consiguió hacer que la cabeza del insecto se partiera a la mitad. Un ojo quedó mirando el suelo, el otro la luna. Sesos, masas blandas de carne y grasa, sangre y líquidos variados se sumaban al mejunje amarronado que se extendía a lo largo de la calle.

Tirado en el piso estaba el gordo, como en una especie de trance. Envuelto en una cortina de baño, daba un espectáculo a cielo abierto para todos aquellos que por ahí pasaban. Muchos vecinos se detenían a mirar y otros más morbosos se animaban a grabar aquella bochornosa y humillante escena.

Un hombre de treinta años, tirado en el suelo al lado de un contenedor de basura, enrollado en lo que parecía una bolsa y vestido con una remera sucia y medio levantada que dejaba al descubierto una panza llena de pelos y, justo debajo, asomaba una tanga de color estridente que hacían del aquel personaje un verdadero hazmerreír. Pero si a todo esto podía caberle algo peor, era el hecho de que el pobre inadaptado parecía estar teniendo algo así como una… ¡Pelea cuerpo a cuerpo con una cucaracha!

—¡Que alguien llame al 911! —gritó histérico un espectador.

Los demás seguían contemplando con asco cómo el pibe tomaba de las antenitas a una cucaracha de unos cinco centímetros y la revoleaba por los aires; la pobre pataleaba desesperada y, sin llegar a levantar vuelo con sus alitas, aterrizó dentro de la boca de ese vil engendro maltratador de insectos que vociferaba fuera de sí: "Muere, maldito engendro de Satán". Del público llegaban expresiones de desconcierto, algunos hasta habían enmudecido, y otros

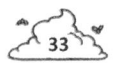

no soportaron y comenzaron a vomitar.

—¡Córranse, déjenme pasar! ¿Qué mierda es lo que pasa acá? —preguntó un oficial de policía, tapándose con un brazo la nariz mientras se abría paso entre la gente. El agrio olor a vómito que empezaba a sentirse en el aire era insoportable.

—Un hombre se volvió loco; llegó corriendo, se paró en seco frente al contenedor como si hubiera reconocido a alguien y comenzó a increpar a una cucaracha. Se ve que la miró mal, no sé. Las cucarachas no le estaban haciendo mal a nadie.

El rati, que se veía bastante novato, no salía de su asombro.

—¿Qué? ¿Me hizo dejar el patrullaje por este tarado? Estaba atendiendo la denuncia de una pelotuda que decía haberle cobrado a un tipo cubierto de bosta para que una gallina tuerta le leyera el futuro antes de que el forro se escapase con su puta gallina... Y ahora esto. ¿Qué mierda le pasa a este pueblo?

Gervasio abrió grandes los ojos y la boca; por un momento parecía muerto. Se revolcaba ahora por el piso apretándose la garganta, la cual comenzaba a ponerse violeta. Tosió y un ala de cucaracha salió volando de sus fauces.

—Vamos, el show se acabó. Dispérsense. —Sin resultados, el oficial intentó hacerle espacio a este tipo que no paraba de toser y golpearse el pecho—. Señor, ¿puede oírme?

Gervasio seguía en la suya.

—¡Señor! —El oficial se acercó despacio a tocarle el hombro con la punta de la bota—. Señor, ¿Se encuentra usted bien?

Con mucho esfuerzo, el chancho entangado rodó por el piso hasta quedar en cuatro patas y logró ponerse de pie.

—Yo soy Pato-Man —dijo, chasqueando los dedos con una marcada cadencia en sus palabras.

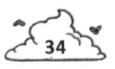

—Sí, cómo no. Y yo soy Marlon Brando en Apocalypse Now. Acompáñeme, por favor —le extendió una mano con asco.

—De ninguna manera. Mi misión aquí es combatir el crimen y regresar a esa gigantesca cucaracha diabólica al averno, lugar del cual nunca debió haber salido.

—Caballero, ¿de qué cucaracha habla? Eso contra lo que peleaba antes de tragárselo era un insecto. Una cucaracha común y corriente como la que se encuentra en cualquier casa. ¿Escuchó hablar de los insecticidas en aerosol? Entiendo que batirse a duelo con una cucaracha pueda resultarle satisfactorio, pero hágame el favor de no hacerlo en la vía pública y menos vestido de ese modo, ¿quiere? Acompáñeme, por favor.

Los ojos de Gervasio giraban sin poder enfocar la vista en algo en concreto. No entendía lo que le estaba pasando. Oler los vapores que emanaba la mierda condensada de la rubia putona esa le habían hecho pegarse un viaje que lo había llevado directo a la estratósfera, en cohete y sin escalas. Según había escuchado una vez en la tele decir a un expresidente con cara de mono, el viaje duraba aproximadamente dos horas y, si sus cálculos no fallaban, llevaba más o menos una hora, hora y media.

—¿Qué acaba de decir? —Como siempre, Gervasio se rascó los huevos para tratar de razonar.

—Que debe acompañarme, señor.

—No, no. Antes. Lo del veneno en lata.

—¿Que para combatir plagas existen insecticidas?

—¿Cómo no se me ocurrió antes?

—No sé de qué habla caballero, pero necesito que me acompañe a la comisaría para tomarle unos datos. Recibí muchas llamadas de gente denunciando a un gordo indecente y drogado que peleaba solo en la vía pública. Vamos.

—¡No! Debo continuar con mi plan de venganza —Y, como en una cámara lenta que ni llegaba a ondear su capa, trató de escapar.

***

¿Dónde habré estacionado el Pato-móvil?

Humillado, Pato-Man abandonó la comisaría después de haber pasado una noche encerrado en una celda sucia y con olor a bolas. Poco pudo pensar en una manera de acabar con el abominable cucaracho. Este pequeño contratiempo retrasó su venganza de exterminio.

Una vez en casa, trató de recordar todo lo sucedido. Algo se le estaba escapando y no sabía qué.

¿Dónde carajo se puede esconder una cucaracha del tamaño de un adolescente puberto? Claro, en una escuela, ¿dónde más? Gervasio, sos un genio, ¿cómo no se te ocurrió buscar ahí desde un primer momento?

Se acomodó la capa que por las noches le servía de sábana, se bajó el antifaz hecho de rollo de papel higiénico y, antes de salir, le dio un besito en la cabeza a su amigo Pato, que descansaba en un altar como una ofrenda al dios de los patos de hule.

—Bendito seas, amigo. Deseame suerte. Si todo sale bien, limpiaré mi buen nombre y el de todos esos culos mancillados por ese demonio pijudo.

***

Con prisa y sin pausa, se acercó a la escuela. La recordaba con nostalgia. Gordito y bulleado era de pendejo, con piojos, sin amigos y muchos complejos. Allí hizo la primaria, de sus compañeritos no se acuerda, solo de Tiburcio y Bulacio, dos boludos a cuerda.

Desde la esquina se oyen gritos y risas rompiendo la calma del mediodía; admirable su valentía para cometer tal osadía. Se acercó como si nadie pudiera verlo con esa tanga rosa. Detrás de la reja y con precaución, cubre sus movimientos con mucha fruición. Todos los niños se ven iguales, ríen y saltan como animales. Busca abrir la puerta de reja, la situación parece compleja, un movimiento en falso y derechito al cadalso. A esa inmunda celda no piensa volver, debe apurarse, parece que va a llover.

La señorita los ve jugar, vigilando que no se hagan daño, lo que menos se imagina es que se va a meter un extraño. Pato-Man se acerca, cree reconocer a alguien, es como un sueño hecho realidad, si no se apura, no ve posible otra oportunidad. Lo toma por la espalda, nadie se da cuenta. Lo lleva a un rincón alejado, doblando por la escuela. Con una mano sucia le tapa la boca para que no grite, con la otra le saca la ropa sin salir de su escondite. Las alas de cucaracha busca con apuro, cree que de tratarse de una muchacha no se sentiría tan seguro. No encuentra lo que busca, eso lo frustra. Al fin y al cabo, es un niño normal; ni alas ni antenas, nada anormal. Amordazado contra su panza, temeroso lo mira; teme ser juzgado y ser foco de su ira. Siempre tuvo la fantasía de conocer a un superhéroe, con capa, máscara y superpoderes. Pato-Man levanta la mano con la que acariciaba la zona baja de la espalda del niño en busca de las alas de cucaracha y se la lleva a la nariz para olerse los dedos. No reconoce en él los olores típicos de cucaracha, huele como su sobrino, el primer dueño de su mejor amigo Pato. Se lleva un dedo a los labios y le pide que guarde silencio.

—Ahora te voy a soltar y mientras te vestís te voy a pedir que respondas algunas preguntas, ¿estás dispuesto a ayudarme? —El niño asiente con la cabeza—. Bien, así me gusta: sumiso y servicial.

—Siempre quise conocer a un superhéroe —susurra el nene mientras se sube el pantalón y recoge su buzo del piso—. ¿Si lo ayudo seré como el Robin de Batman?

—Depende de la información que me des. ¿Qué podés decirme de Cuca-boy?

—¿Cuca qué?

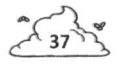

—Cuca-boy, ¿no les enseñan idiomas en esta escuela?

—Si, hoy vimos el verbo "to be", pero no me suena haber escuchado a la maestra nombrar a ningún Cuca-toy.

—Boy, Cuca-boy —Gervasio estaba perdiendo la paciencia. En cualquier momento terminaría el recreo, y si quería una respuesta debía apurarse—. Hacé memoria, si me das información que me sirva, te dejo ponerte mi capa.

Al niño le brillaron los ojos. Vestir una capa de superhéroe es como alcanzar el éxtasis.

—¿Cómo es? Tal vez pueda reconocerlo si me contás de él.

—Tiene alas de cucaracha, antenas como el chapulín colorado y una poronga que arrastra por el suelo de lo larga que es.

—Wooow, ¿y él también tiene poderes?

—Si mancillar el templo sagrado de un hombre con ese apéndice monstruoso se considera poder, entonces sí, tiene un súper poder.

—Creo que lo vi. A veces para un camión en casa cuando papá se va a trabajar y un señor le deja bidones a mamá de los que tomamos agua y una vez lo vi arriba de ella, con una cosa así como decís, pero no tenía alas ni antenas. Tenía un par de ojos enormes y muy saltones con los que me miró cuando espiaba y le agarró el cuello a mamá con más fuerza, pero salí corriendo, más que un superhéroe parecía un villano. Después mamá me compró un helado, estaba muy contenta.

—No, no es él, aunque el modo de operar es parecido. El que yo busco es bajito y nunca pide permiso, solo toma lo que quiere y se va sin ningún compromiso. ¿Algún compañerito nuevo medio raro?

—Hay uno que me molesta mucho, no sé su nombre. Hoy no vino, dice venir de la ciudad cloacal, pero nadie le cree. Ese lugar no existe. Lleva una gorra, siempre tiene la mochila puesta y usa pantalones largos todos los días.

A Pato-Man se le iluminaron los ojos. ¡Tenía que ser él!

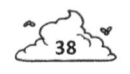

La gorra para esconder las antenas, la mochila para ocultar las alas, el pantalón para disimular la garcha.
—¿Y dónde queda esa famosa ciudad cloacal?
El niño levantó los hombros en señal de no saber. Gervasio se paralizó. Ni siquiera escuchó el timbre que anunciaba el final del recreo.
—Señor superhéroe, el recreo terminó, ¿me deja usar su capa?

Levantó una mano como para pedir silencio, mientras que la otra se la llevaba a los huevos y se daba un masaje. Tenía que averiguar en seguida dónde quedaba esa famosa ciudad cloacal y recordó que Marcela, la cajera del chino de la vuelta de su casa, era la persona más chismosa del barrio y por lo tanto la más indicada para darle las respuestas que necesitaba. Sabía que Marcela vivía en el conurbano profundo y que viajaba por horas para terminar sentada en la caja del supermercado, lista para absorber chismes de los vecinos e inventar los propios. Debía poner su parte también. Condimentar los rumores decía ella.

Se sacó la mano de los huevos y le acarició la mejilla al joven que lo miraba embelesado.
—Volvé con tus compañeros, ya no hay tiempo, pero te prometo que, si todo sale bien, volveré a buscarte para que me acompañes en mis patrullajes.

***

Marcela mantenía una acalorada charla con una vieja que a gatas podía mantenerse en pie, sostenida por un carrito de alambre de dos ruedas y la correa de un perrito peludo horrible de ojos saltones con el pito afuera.
—Señora, acabo de ver a la parca doblando la esquina, seguro que viene por usted o por su estúpido perro feo.
—¿Qué decís pendejo? Con Puppy no te metas.
—Su perro asqueroso se puede ir bien a la mierda, y usted puede acompañarlo si quiere. Marcela, necesito

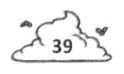

hablar con vos —le dijo a la cajera ignorando a la vieja azorada. Quería irse cuanto antes de ahí con toda la información posible. El supermercado le traía recuerdos perturbadores.

—Gervasio, ¿sos vos? —achinaba los ojos en un intento por reconocer el rostro que ocultaba una máscara de cartón mal cortada.

—No sé quién es ese tal Gervasio del que hablás, yo soy Pato-Man.

—Siempre fuiste medio pelotudo. Decime, ¿qué andas buscando?

—Te dejo, Marce. Después paso a la tarde y te sigo contando lo de mi nuera. Este pendejo maleducado me hizo subir la presión.

—Al fin se fue la vieja. Necesito que me digas todo lo que sabés sobre Cuca-boy y me des las coordenadas de la ciudad cloacal, si es que realmente existe.

—De Cuca-boy no sé mucho, a veces viene a tirarse a Chin en el depósito. Ella le provee los desechos de la fiambrería y los menudos de pollo mientras que él la protege de la mafia china. Viste que esos se la dan de buenos y son tremendos mercenarios. Una vez...

—No me interesa la vida de estos chinos, ¿cómo llego a la ciudad cloacal? —Si no la detenía, Marcela era capaz de contarle vida y obra de todos los vecinos del barrio sin saltarse los detalles personales y escabrosos. Los romances e infidelidades eran su fuerte.

—La ciudad cloacal existe, aunque la gente quiera convencerse de lo contrario —bajó la voz, Chin andaba cerca.

—Pero ¿cómo llego? Nadie sabe dónde queda.

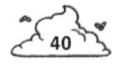

—Todos saben dónde queda, Gerv.. —se interrumpió—, Pato-Man, solo que el gobierno dice no tener conocimiento porque no quieren poner plata para construir una planta de reciclaje y procesamiento de desechos, entonces les mandan toda la basura de El Mirador Infeliz para que ellos hagan lo que quieran con ella y hasta ahora funciona. El Estado no invierte en obras públicas, los habitantes de la ciudad cloacal no se quejan, todos están contentos.

—Pero dónde mierda queda esa puta ciudad, Marcela —Gervi estaba perdiendo los estribos.

—Abajo.

—¿Abajo?

—Claro, abajo de este piso de mierda. No sabés lo que fue eso con la epidemia de los batidos. Ríos de bosta flotaban por sus calles, hasta se dice que Raimundo Bergo...

—No me interesa lo que ese tipo hizo o haya dejado de hacer. ¿Cómo llego hasta allá? ¿Cómo bajo?

—Cualquier boca de tormenta te deja. En el depósito hay una tapa que te lleva a las cloacas del barrio, por ahí entra Cuca-boy cada vez que viene a cobrarse los servicios de vigilancia.

Gervasio podía ser pelotudo, pero a ese depósito no iba a entrar. Sabía muy bien lo que podía llegar a pasarle si ponía otra vez un pie allí dentro, lo había soñado.

—Bueno, voy a ir a buscar unas cositas, permiso.

—Dale, acordáte que la bolsa se cobra —le gritó mientras se alejaba para que la china la escuchara.

Fue directo al sector de limpieza. Debía pensar bien cómo iba a abastecerse antes de bajar a buscar a esa cucaracha de porquería. ¿Cómo le había dicho el policía? ¡Insecticidas! Se puso dos aerosoles mata-bichos a cada lado de la tanga, varias trampas para cucas en el elástico de la espalda, jeringas con veneno en las medias y una raqueta que daba pequeñas descargas eléctricas. De regreso a la caja se topó con una góndola con adornos de Halloween y se volvió de piedra al ver lo que exhibían a la venta: un sombrero de goma espuma forrado en fieltro color amarillo con la forma de su adorado amigo Pato. Era una buena señal, algo así como un presagio. Su disfraz no estaba completo sin ese sombrero.

—Me llevo todo esto, pero no lo puedo pagar, no tengo plata. Te juro que es para una buena causa.

—No te puedo dejar ir con todo eso, ¿vos querés que Chin me mate? Me descuenta del sueldo las bolsas que no cobro, imagináte si te dejo ir con toda esa mercadería.

—Hagamos algo, finjamos un robo. Gritá.

—¿Qué?

—Que grites, boluda. Gritá algo.

—¡QUÉ VUELVAN LOS MILITARES!

—No, pelotuda. Gritá como si te estuviera robando, para yo poder salir corriendo sin pagar.

—Aaah, no entendía por qué querías que grite. ¡AYUDA CHIN! ¡ME ESTÁN ROBANDO, LLAMÁ A LA POLICÍA! ¿Así está bien?

—Perfecto. Nos re vimo'.

Ese fue el puntapié que impulsó a Pato-Man para continuar con el plan de exterminio de esa cucaracha libidinosa. Corrió como pudo, con el equipaje extra que sujetaba, la tanga rosa engomada, las ojotas con medias y el gorro con forma de pato que sostenía con una mano cual corona de reina de la primavera. A duras penas logró esconderse de la china que lo perseguía agitando una botella de cerveza vacía.

Siguiendo las indicaciones de Marcela, se infiltró en una obra en construcción cuando los muchachos pararon para almorzar. La calle estaba cerrada por vallas que decían: PELIGRO, ZANJA ABIERTA. Era un trabajo de reposición de tuberías.

Vigilando que nadie lo siguiera, bajó por unas escaleras que conducían a las cloacas. Una vez abajo empezó a caminar sin rumbo, pero con la esperanza de encontrar lo que buscaba.

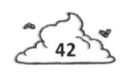

***

No lo podía creer. La ciudad cloacal existía. Un olor putrefacto como a perro muerto invadía sus fosas nasales. Mientras más se adentraba en sus calles, más olores lo asaltaban. Trataba de taparse la cara con su capa, pero el olor parecía atravesarlo todo.

¡VOTE POR COCODILER O ARDA EN EL INFIERNO! Rezaba una serie de pasacalles que atravesaban la ciudad. ¿Tenían alcalde?

Las calles estaban rebosantes de basura, Marcela tenía razón. Pañales cagados, tanto de adultos como de bebés; jugosos tampones y toallitas femeninas, negros de sangre vieja y podrida; restos de comida, yerba usada. No lograba reconocer a nadie. Todos lo miraban con desconfianza, demostrándole que sabían que él no pertenecía a ese lugar. Era como estar en la India. La gente revolvía las bolsas de basura de unos contenedores enormes y ahí nomás cocinaban lo que encontraban en el piso, con improvisados fuegos y rodeados de ratas y cucarachas. Había bebés de dos cabezas, humanos con malformaciones, mutilaciones y pústulas en la piel. No cabían dudas de que vivir ahí no era sano.

Pato-Man avanzó armado de valor, deteniéndose frente a una anciana ciega que le daba la teta a un bebé muerto.

—Buenas tardes, señora. Estoy buscando a un chico llamado Cuca-boy, ¿sabe dónde lo puedo encontrar? —preguntó, conteniendo el aliento para no vomitar.

—Preguntas no debes hacer, tu tiempo has de perder —El hedor pestilente que salía de aquella boca sin dientes, casi lo desmaya.

—¿Lo vio? ¿Sabe de quién hablo?

—La visión no me fue concedida, más no la necesito para decirte que tu visita no es bienvenida.

Vieja de mierda. Ciega y pelotuda. Voy a contrarreloj y se me pone a sermonear como una old yoda.

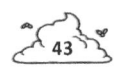

Siguió su camino, pateando botellas de tomate con hongos, latas de cerveza y condones llenos de sangre y heces. Tres chicos jugaban en un charco de vómito a patear a un perrito con tres patas. Ya le habían sacado un ojo y partido los dientes. El pobre seguía poniéndose de pie y moviendo la cola, buscando un poco de compasión.

—¡Ey! ¿Qué están haciendo?

Los tres detuvieron el juego y voltearon a verlo. Se rieron ante tal aparición.

—¿Quién mierda sos y qué hacés por acá?

—Estoy buscando a alguien, quizás ustedes me puedan ayudar.

Con risas socarronas, se acercaron y lo encerraron. A uno le faltaba una mano, a otro un ojo y al último le salía una cola retorcida de cerdo por la espalda. El primero que actuó sin demorar un segundo fue el tuerto que le asestó un golpe por la espalda, lo que hizo que Pato-Man se doblara hacia atrás. El de la cola de cerdo le dio una patada en los huevos, haciendo que terminara de rodillas en el sucio suelo. El manco, que hasta el momento solo se había quedado observando, se le acercó y, con los tres deditos que le sobresalían del muñón, le hizo cosquillas en el cuello para que abriera la boca. Luego, sacó una rata muerta del bolsillo del pantalón y, apretándola fuerte con la mano buena, le vació las vísceras en la garganta. Pato-Man no pudo hacer más que vomitar todo hasta perder el conocimiento.

***

Mareado y con dolor en el cuerpo, Pato-Man despertó atado de pies y manos a una cama sin colchón.

—Suficiente, Yolanda. Ya despertó. Podés irte.

En una esquina de la habitación, la vieja ciega le hacía un pete a Cuca-boy sentado en un trono de sillas rotas. La vieja recogió al bebé muerto del suelo, se lo llevó al pecho y se retiró sin hacer ruido.

—Podrá ser ciega y estar medio loca, pero que buenos

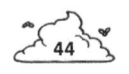

petes que hace la hija de puta.

—¿Dónde estoy?

—Las preguntas las hago yo. ¿Qué mierda hacés acá y por qué me buscabas? —Le escupió Cuca-boy, acercándose a la cama.

—Vengo a acabar con tu vida, cucaracha de mierda —espetó Pato-Man, intentando soltarse.

—Ja, ja, ja. Veo que ya conociste a mis amigos. Esos muchachos son unos pícaros. Te estaban pateando mientras un perro con sarna y tres patas te montaba por la cabeza. Debo decir que encontrarte en la puerta de mi casa, bañado en vómito y envuelto en una funda de pileta, fue como haberle pedido delivery a los dioses.

—Soltáme y vas a ver lo que te hago. ¡Enfermo!

—¿Enfermo yo? Enfermo me dice un gordo mugriento y medio violín que baja hasta aquí vestido de transformista ¿a qué? ¿A matarme?

—Tenés ventaja porque estoy atado y sigo mareado.

Cuca-boy sacó una faca del cinturón y cortó las medias que mantenían atado a Gervasio.

—Listo. Ya te solté. ¿Cuál es tu plan? Todas esas latas y venenos que trajiste podrás imaginar que tuve que confiscarlas y tirarlas a la basura. Me dan alergia.

—Te voy a mataaaar —Pato-Man se abalanzó contra el niño pijudo que vestía bermudas en la parte inferior, dejando al descubierto un desgarbado y sudoroso cuerpo de adolescente en la mitad superior.

Sin mucho esfuerzo, Cuca-boy logró esquivarlo, metiéndole un cuchillazo por la espalda cual torero. Con la adrenalina a mil, se levantó y fue tras el infecto chiquillo, tomándolo por el cuello con ambas manos, buscando estrangularlo.

—¿Qué hacés?

—Trato de asesinarte.

—La asfixia me excita, y lo único que vas a lograr es que te de la cogida de tu vida y te deje ciego de tanta guasca.

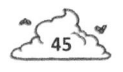

Lo soltó.

Cuca-boy aprovechó la oportunidad para buscar algo, dándole la espalda. Fue ahí que Pato-Man descubrió que, donde deberían de estar sus alas de cucaracho, solo había cicatrices.

—¿Qué te pasó en la espalda? —Pato-Man se notaba conmovido.

—¿Y a vos qué mierda te importa? —Cuca-boy ya de frente a su víctima, se sujetaba la garcha morcillona y se pasaba de pata en pata un cuchillo para cortar frutas con el filo oxidado—. Voy a hacer un bricolaje con la piel de tus bolas, y a decorar el barrio con guirnaldas hechas de tus intestinos. Vas a desear nunca haber bajado a buscarme. La verdad es que cuando te rompí el orto la primera vez, fue por diversión, no por placer, pero esto que voy a hacerte ahora, lo voy a disfrutar.

Pato-Man se alejó lo más que pudo hasta que el cuchillo que todavía tenía clavado en la espalda chocó con algo. Mientras la cucaracha hablaba, dobló el brazo y se quitó el cuchillo. El dolor quedaba en un segundo plano comparado con el miedo que sentía al imaginar su esbelta figura hecha papel picado y sus órganos decorando aquella ciudad como en navidad.

Cuca-boy se acercó alzando el cuchillo mientras se sobaba la poronga. Las situaciones límites lo ponían duro. Verlo al gordo ese con su gorro de pato lo calentaba muchísimo. Con un movimiento rápido, tiró una puñalada que cortó el aire, acabando en el pecho de su oponente. Pato-Man aguantó el dolor con estoicismo, y con la mano que sostenía el cuchillo comenzó a acercarse con movimientos desenfrenados, como si esgrimiera una espada. Logró llegar a cortarle una antena, media pata con la que se sostenía la garcha y a arañarle el glande.

—Pará, enfermo. Me la vas a mutilar. ¿Qué te pasa?

—Te la voy a cortar en pedacitos si es necesario. Juro por mi buen nombre que no vas a sodomizar a nadie más.

—Ja, eso me gustaría verlo. Gordo gil. ¿Te crees que viniendo armado hasta los dientes con venenos vas a poder matarme? Se necesita mucho más que un par de aerosoles para acabar conmigo.

Cuca-boy le desenterró el cuchillo del pecho y se lo clavó en una pierna lo que hizo que Pato-Man acabara de rodillas frente a su oponente. Un pijazo le dio vuelta la cara y lo dejó medio mareado. El gorro de pato salió volando. Cuando logró fijar la vista, Cuca-boy trataba de pegarse el pedazo de antena que le había cortado. Pato-Man tanteó el piso buscando su cuchillo sin resultados, había ido a parar lejos junto con su gorro y su dignidad.

Ya pegado el pedazo de antena, continuó con su plan de venganza. ¿Por qué lo odiaba tanto?

—¿Qué te impulsó a bajar y terminar de rodillas implorando que te mate? Porque más que romperte el orto no recuerdo haberte hecho nada.

—Te odio.

—Eso pude notarlo, pero ¿por qué? Tenés una pinta de trolo medio retrasado tremenda, creí que la pija te gustaba.

—¿Y qué si me gusta?

—Ah, vicioso el panzón.

Se sacó el cuchillo de la pierna y lo arrojó con tan mala puntería que rompió el foco de la luz. Un movimiento rápido, un certero golpe húmedo con olor a pija al costado de la cabeza y volvió a perder el conocimiento.

—Es hora de despertar, Pato-puto. —Una descarga de la raqueta mata moscas le dio de lleno en las nalgas.

—Es Pato-Man, te dije. —Otra vez atado y esta vez de espaldas con una almohada hecha de ropa sucia que le dejaba el culo levantado. Esto no pintaba bien.

—Al fin, creí que iba a tener que matarte dormido.

—¿Dónde está mi traje de superhéroe?

—La capa estaba toda vomitada, me la comí. Con la remera me limpié el culo y la tanga la guardo de trofeo.

—Estás enfermo.

—Al menos no me paseo por El Mirador Infeliz, entangado y con la panza al aire. Seré una cucaracha, pero soy decente.

Un garzo le cruzó la cara.

—Ah, bueno. ¿Ya querés arrancar? Levantó la remera del piso toda cagada, la hizo un bollo y se la metió en la boca—. Así, calladito. No quiero que vengan los pibes alarmados por tus gritos a querer robarme el placer de matarte.

Una lágrima corría por la mejilla de Pato-Man. Vio con asco cómo la bermuda de la cucaracha se deslizaba hasta terminar en el piso. Lo sintió subirse a la cama y un sudor frío le recorrió la columna. Fijó la vista en el gorro de pato con los dos cuchillos clavados en los ojos de goma espuma y trató de recordar algún momento feliz mientras Cuca-boy lo puerteaba. Se agachó hasta quedar a la altura de su cara y lamió sus lágrimas.

Se cagó encima. Había visto en un documental que algunas presas o vomitaban o se cagaban encima para que sus captores los suelten del asco.

—Lubricante cacoso. Mmm y del saborizado. ¿Cómo sabías que me gustaba el de guiso de lentejas? —Con un movimiento certero, Cuca-boy ya había entrado en Gervasio hasta los huevos.

Con la cara colorada y aullando de dolor, se retorcía mientras Cuca-boy lo hacía suyo una vez más. Los gritos amortiguados por la mordaza solo hacían que Cuca-boy se pusiera más y más duro, creciendo dentro de él. Desgarrando sus intestinos, entraba y salía de ese boquete como si no hubiese un mañana.

—¿Te gusta putito? —Se la sacó de una. El prolapso anal de Gervasio parecía un ramo de hemorroides recién cortado. Le dio unos bifes a esa tripa inflamada y de un saque y sin meditarlo, volvió a penetrarlo con furia.

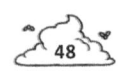

Gervasio estaba al borde del desmayo. Hubiera preferido que lo desmembrara y decorara el barrio con sus tripas como había prometido a tener que estar soportando semejante vejación.

—Ahí viene, patito. La querés adentro, ¿no? Y si, dónde más, si sos la puta más reventada y golosa que conozco. Ni Torcasia es tan tragona como vos.

Gervasio sentía cómo algo caliente se esparcía por sus tripas. Podía paladear un sabor ácido. Las arcadas se sucedían y oleadas de vómito subían por su garganta hasta chocar con la mordaza que le tapaba la boca, volviendo a bajar por su esófago, quemando todo a su paso con los jugos gástricos.

Cuca-boy, todavía dentro de Gervasio, giraba como un helicóptero.

—Quedáte quietito, ahí sale de vuelta. —Agarrándose con sus patitas de la espalda adiposa, sudada y peluda del otro, volvió a vaciar los huevos con sacudidas de placer.

Un hilo de baba mezclado con fluidos gástricos se filtraba por las comisuras de la boca de Pato-Man o lo que había quedado de él. Rellenado como un pavo en navidad, pero de salsa de bolas, yacía todavía atado con la mirada perdida y vidriosa.

Cuca-boy salió de él, se acercó a su cara y de un manotazo le arrancó la remera que le cubría la boca para limpiarse la poronga toda cagada y con rastros de sangre.

—Yo te dije que bajar había sido una mala idea.

***

—¿Respira?
—Tiene olor a muerte.

Amanecía en El Mirador Infeliz y la aparición de un hombre gordo, medio desnudo y acostado de manera extraña sobre una cortina de baño, causaba conmoción. Apenas lo habían tapado con una remera que hedía a vómito y un gorro de pato. Cosas más raras se habían visto por el barrio, pero esto los perturbaba sobremanera.

Había quienes creían que se trataba de un sacrificio ritual, otros pensaban que una despedida de soltero se había salido de control.

Cuca-boy, observaba todo desde la alcantarilla más cercana como el famoso payaso maldito, rememorando la noche de pasión.

—Tiene una nota en la frente. —Cuca-boy le había dejado una nota abrochada en la cabeza por si algún morboso se acercaba a mirar.

La nota rezaba:

Querido vecino de El Mirador Infeliz, mi trabajo aquí ya está hecho. Como el mar devuelve lo que no le pertenece, yo les devuelvo a este gordo inmundo con aires de superhéroe. Por años hemos procesado y disfrutado las delicias de desechos que continuamente arrojan a la ciudad cloacal. Ahora como regalo queremos devolverles algo que les pertenece, él es o era Pato-Man. Sucumbió luego de bajar a terreno enemigo buscando combatir el mal. Creemos que murió como un héroe, luchando por sus ideales.

Nuestras condolencias a su familia y amigos.
Cocodiler III

Cuca-boy había creído conveniente firmar la nota como el alcalde de su ciudad, nadie dudaría de él.

***

Momentos después de alertar a las autoridades de El Mirador Infeliz, una patrulla acompañada de una ambulancia arribaba en la escena.

—Masculino, de aproximadamente 30 años. Presenta signos de haber estado atado y que luchó por soltarse. Sus pupilas no responden. Está medio frío y huele a muerto. Ayudáme a darlo vuelta.

—¿Cuánto pesa este hijo de puta? —Al hacerlo, notaron

que algo extraño le sobresalía por el culo.
—¿Qué mierda es eso?
—Parece un desodorante.
—No me extraña. Estos putos se meten lo que sea con tal de sentir algo de placer.
—¡Es un Insecticida! Pasáme las pinzas. —Medio doblado para un costado con la panza desmayada que lo acompañaba siempre, lograron extraerle el cuerpo extraño que tenía introducido en el culo.
—Es un mata-cucarachas y parece que la tapa le quedó adentro.
—Ya fue, dejémoslo así.
—¡Te voy a matar, cucaracha infernal! —Balbuceaba con mucho esfuerzo.
—¿Está vivo? —Volvieron a colocarlo boca arriba, parecía que estaba vivo y que había recobrado el conocimiento.
—Cuca-boy, no. Cuca-boy. No. No, Cuca-boy.

ASSPOOP

Maximiliano Guzmán

En un escenario, en el cruce de Shibuya en Tokio, bailarines en pelotas se mueven de un lado a otro al ritmo de la música. Anzu canta un cover de la canción Adrenaline!!! de TrySail mientras una pantalla gigante en el escenario muestra su ano en primerísimo plano.

Los espectadores, con los pantalones bajos, disfrutan de la presentación de otro año de fiesta ASSPOOP, la aplicación más famosa del mundo.

Baile, risas y culos van mostrándose en la pantalla gigante al ritmo de la música. En letras grandes y rojas hay una invitación:

ASSPOOP
CAGA CON NOSOTROS.
うんちをしよう、友達

Los espectadores japoneses se impacientan y Anzu junto a los bailarines doblan las rodillas en el escenario.
Gritos de excitación, euforia y descontrol.
Drones recorren el lugar filmando para todo el planeta en emisiones en directo desde Australia hasta Antártida.
¡PLOOB!
¡PLOOB!
Quince millones de japoneses unidos en un solo cago llenan de mierda el escenario, la peatonal, sus pantalones

y zapatillas.
¡PLOOB!
Braulio abre grandes los ojos.
—Me cago en la chingada —le dice a su amante Gertundia, acostada sobre su pecho después de tener sexo cuatro horas seguidas—. He visto el futuro.
—¿Braulio, vos hablás japonés? —pregunta ella, aún con el consolador con hebillas en el culo para mayor placer.
—He visto nuestra fuente de oro, vieja —le dice, quitando la cabeza de su pecho—. No soy un mafufo. Lo he visto con mis ojos. La Virgencita de Guadalupe y todos sus anos rezadores. Lo vi, lo vi —Se levanta de la cama. Desnudo, abre la ventana y grita—: ¡Me chingaré al mundo por el culo! Seremos millonarios.
—¿Qué estupideces decís, Braulio? —pregunta Gertundia en el costado derecho de la cama, apestada del sudor del sexo y la vejez.
Al amanecer del siguiente día, Braulio pone en marcha su proyecto más ambicioso. Un proyecto del que no tiene ni puta idea de por dónde empezar y con qué recursos. Después de que Cuca-Boy destruyera la feria con sus violaciones a diestra y siniestra, lo perdió todo: sus dólares y los ahorros de su vida.
Sin esperanzas, se dedicó a cogerse salvajemente a Gertundia. La única vieja de la ciudad dispuesta a todo. La más sucia del condado, la más guarra y con peor olor de la ciudad. Braulio se emborrachó y cedió su culo mil veces en venganza contra sí mismo. Ya no es el mismo que alguna vez fue en los '90. Este Braulio perdedor ha recuperado la confianza, fue tocado por un pene o un culo mágico.
Su futuro estaba en un abrir y cerrar de ojos.
—¿Dónde hay un teléfono, Gertu? —pregunta.
—En tu culo, corazón. —responde Gertu, masajeando su vagina seca (más seca que el desierto de Sahara en pleno verano), aunque caliente por la excitación de su gordito mexicano.

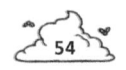

—Oh, es cierto. ¡Sos una hija de puta, chingada madre!
Y es así como el destino se reafirma.
Braulio se pone de rodillas, entrecierra los ojos haciendo fuerza y defeca un Samsung Galaxy S4 Ultra. Descubriendo la mierda sangrante de la pantalla, donde aparece su fotografía saludando en la frontera de Estados Unidos mientras dos guardias estadounidenses le apuntan a la cabeza, abre la App Store.
Coloca en el buscador: "Creador fácil de aplicaciones".
Un programa aparece ante sus ojos rojos de entusiasmo.
En un noble japonés feudal escucha la música del sueño en su mente:

Zutto mawarumawaru yume no naka de
Kurikaeshi kimi to odotta
Yureru keshiki michi wa tsudzuku
Toorisugiru kaze ni fukare
Nando mo
Koete yukeru kara kyoukaisen
Kumo kakiwake te o nobashita
Namida wa ima ukabu sora ni azukete
Hashiridasu no
Narande mitsuketa kagayaku hikari o te ni

—¿Sabés japonés? —vuelve a preguntar Gertundia.
Pero ya nada importa en el alma de Braulio.

***

Sentado en el inodoro de la casa de Gertundia, Braulio piensa: "Necesito poner una cámara..." Y luego: "¿Dónde conseguiré una cámara tan pequeña?"
Son preguntas que no puede responder sin ayuda.
Proyecta en su mente a los usuarios de la aplicación masturbándose mientras ven a un ano rechoncho cagar.
"¿La cámara en el fondo o a un costado?"

"Ano primer plano".

"Caca primer plano".

Recuerda que de adolescente soñó con ser director de cine de Hollywood y filmar, de manera intrusa y con una Kodak, a Antonio Banderas comiendo tacos mientras rodaban Once Upon a Time in México en Guanajuato. Esa fue su primera experiencia como cineasta. Y desde entonces sabía que tenía talento para hacer realidad su sueño.

El culo en primer plano, la cámara a un costado. El ano se abre como una mariposa y el sorete encuentra esas bocas deseosas del otro lado del mundo.

—¡Gertu, necesito dólares! —grita desde el baño.

—¡Cogéme y los vas a tener, mexicano de mierda! —contesta Gertundia desde la habitación.

—Virgencita de Guadalupe y sus anos rezadores, gracias por esta oportunidad —dice Braulio, y sin limpiarse el culo ni tirar la cadena sale corriendo con el pito erecto a cogerse a la vieja sucia—. ¡Todo es sacrificio, todo es amor! —grita, lanzándose sobre sus piernas.

Durante la cena, Braulio le dice a Gertundia:

—Tu sobrinita tiene un culazo que rompe portones. Con eso debe cagar como dinosaurio.

—Ay Braulio, la nena es gordita pero... sí... la verdad que sí.

—¿Me la podés llamar? Quiero hacer una prueba de rigor. No me la voy a chingar. No me creas tan inescrupuloso.

Braulio se pone de pie y se saca el Samsung de entre las nalgas. Bien oloroso y hediondo, le pasa el teléfono a Gertundia.

—No te creo, pero la nena necesita un compañero. Vos sos bueno, sos de México. La nena no conoce gente de afuera.

—Llamála y probemos ese culo cagando.

—A veces no sé cómo hacés para conquistarme, ni ojitos

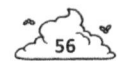

celestes tenés.

—Tengo entre las piernas la del Chavo del Ocho y Chespirito, vieja. Es eso... te agarra nostalgia de televisión.

—Chavo del ocho y Chespirito. Me hacés bien el culo. Vos tenés una obsesión.

—Llamá a tu sobrinita, vieja chingada. Quiero darle la oportunidad de ser millonaria con nosotros. O solo yo. No sé. Después quiero verte cagar. Con ese culo podés excitar lobos marinos, focas y hasta osos polares. Te vas a hacer famosa en la Antártida.

—No me ilusiones, estúpido.

—Quiero verle bien el culo a tu sobrinita, meterle mano, hacerle conocer a la Virgencita. Además, con los dólares que me diste, ya compré la camarita. La vamos a poner en práctica cuando venga. Llamála, no pierdas más tiempo. El tiempo es oro y caca.

**

En el baño de huéspedes, la sobrinita Evarista se baja la bombacha mientras en el teléfono Braulio abre ASSPOOP, la App que inventó en cinco simples pasos. Se ve igual que en sus sueños.

La camarita dentro del inodoro muestra las caras de Braulio, Gertundia y Evarista.

—Saluden, mis amores. —dice Braulio, ilusionado.

Gertundia y Evarista saludan a la cámara.

—Hoy vamos a cagar como La Virgencita de Guadalupe y sus anos rezadores.

Evarista se emociona, moviendo las piernas. Es una muchacha un poco tonta, no terminó tercer grado de la primaria y es amante del hijo bobo del ferretero. Dos monigotes que creen en el amor. Según Braulio, cuando sea famosa se va a culear a Brad Pitt.

—¿Comiste esos taquitos que te dejé en la mesa, nena? —le pregunta.

—Si, tío— dice, prueba suficiente de que es bien tonta.
—Quiero que me cagues toda la provincia. ¡Toda la provincia! Con ese culo...ay, Evarista. Con ese culo —dice Braulio y le da una palmada en la nalga derecha—. ¿Estás lista?

Ella se sienta en el inodoro.

—Empezá haciendo fuerza, pensá que tenés mi pito en la raya —le dice entusiasmado.

Y un segundo después....

—¡Pero chamaca, caga para fuera, no para adentro! Dale que después nos vamos los tres a la cama. Regalo del tío.

Evarista empieza a pujar.

—El ano, un músculo virtuoso —reflexiona Gertundia mientras observa el esfínter de su sobrinita a través de la pantalla del teléfono—. Mirá qué hermoso objeto de deseo.

Entonces, un diminuto sorete en forma de bolita marrón sale del culo de la chica y lentamente....

¡PLOOB!

... cae encima del celular.

Emocionado, Braulio abraza a Gertundia.

—Vamos a ser millonarios, vieja. Por la Virgen de Guadalupe y sus anos rezadores.

¡PLOOB!

¡PLOOB!

La sobrinita sigue excretando como una diosa griega en medio de una orgía.

¡PLOOB!

Braulio tiene una erección al contemplar el ano de la chica dilatándose y cagando bolitas marrones. Gertundia le baja los pantalones y empieza a chuparle la pija.

Evarista se excita, y en su excitación caga más rápido.

—Más despacio —les grita Braulio a las dos.

¡PLOOB!

Mientras chupa con fuerza, Gertundia siente retortijones en la panza.

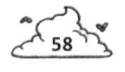

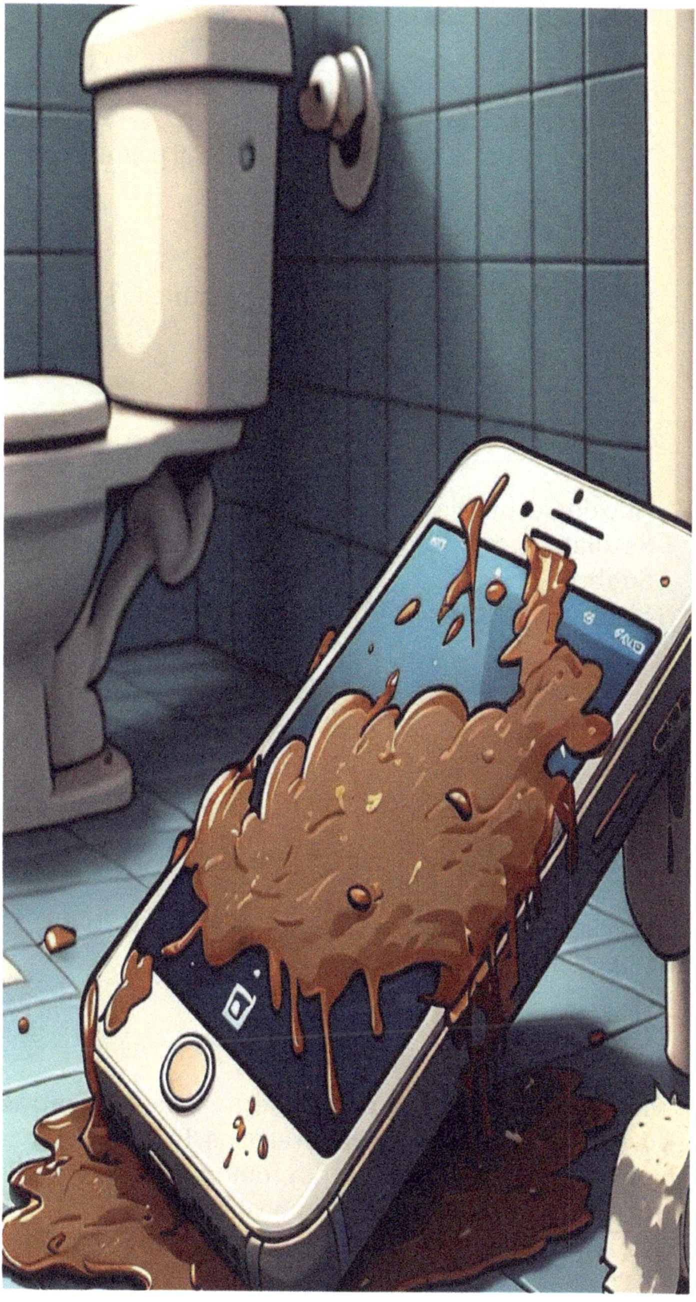

—Esos tacos tenían laxante, Braulio —dice, sacándose el pene de la boca.
—Si, mi amor. ¿Cómo esperabas que las pusiera a cagar?
Los tres ríen a carcajadas.
Y entre risa y risa, Gertundia defeca en el piso del baño.
¡PLOOB!
A Braulio se le ocurre otra gran idea...

[Opening musical: Gloria – Laura Branigan]

Ano de Evarista en primer plano.
Se dilata.
Se abre y cierra.

Ano de Gertundia en primer plano.
Se dilata.
Se abre y cierra.
Se tira un pedo insonoro.

Ano peludo de Braulio en primer plano.
Se dilata.
Se abre y cierra.
Caga líquido.

Las escenas se intercalan una tras otra en loop.

¡Oh, Gloria!
(Gloria)
(Gloria)
(GLORIA)

Desnudo en la cama y con el cuerpo cagado mientras Evarista y Gertundia le degluten el pene, Braulio observa su edición casera del Videoclip de promoción de ASSPOOP. Le caen lágrimas de emoción... y acaba.
Con la mirada iluminada de alegría, anuncia que la

aplicación ya está en el App Store de Google.

—Solo tenemos que esperar, mis amores. Solo tenemos que esperar.

Comiendo sopa paraguaya, Evarista abre la App en su pequeño Motorola y observa la foto de perfil de usuario con su ano dilatado.

—La gente me querrá por lo que soy —exclama sonriente.

—Todos te queremos por lo que sos: un hermoso culo gordo lleno de caca —responde Braulio ante la mirada de amor profundo de Gertundia.

Una música de bongos suena con la llegada del primer dólar a ASSPOOP. Una música de bongos de ángeles. El primer dólar proviene de un usuario de ano marrón de Singapur. Un ano enorme y sin dilatar.

—¡Somos millonarios! —grita Evarista—. ¡Somos los mejores!

El dinero se duplica durante dos semanas seguidas con diferentes usuarios del mundo.

India, Singapur, Japón, Corea del Sur, México, Estados Unidos, Escocia, Australia, Nueva Zelanda, Polonia, Chipre, Colombia, Argentina, Perú, Malasia, Rusia y más.

Los usuarios se alistan con sus anos dispuestos a ganar dinero fácil.

Braulio y Gertundia se compran un Ferrari modelo 92 usado.

Son invitados a participar junto a Elon Musk y Mark Zuckerberg en una feria de tecnología en Alabama. Todos adoran a Braulio y Gertundia, son la pareja del momento en televisión y redes sociales.

—Y con ustedes.... ¡Los culos más famosos del planeta! —los presenta Jimmy Fallon en su show. Los tres cantan en pelotas la canción I'm So Excited de The Pointer Sisters.

En Plano Americano los espectadores ven diez traseros, entre ellos los de Braulio, Gertundia y Jimmy Fallon. Los anos se abren y cierran al ritmo de fondo de la canción.

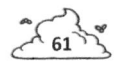

Let's get excited (oh)
We just can't hide it (no, no, no)
I'm about to lose control and I think I like it
I'm so excited
And I just can't hide it (no no)
I know, I know, I know, I know
I know I want you

Gracias a una inversión sin precedentes, se colocan camaritas en los baños públicos de toda Europa, Asia, América y Oceanía. Esto se suma a las inversiones de instalaciones especiales en baños privados donde los dueños pueden contemplarse en una pantalla 4K al momento de cagar.

En Bielorrusia, Braulio es invitado a inaugurar el Вялікі ўнітаз (Inodoro Gigante) en la ciudad de Minsk a orillas del río Svisloch. El Presidente Aleksandr Lukashenko lo invita a ser el primero en defecar en su inodoro.

La popularidad crece y se expande.

Evarista se somete a un procedimiento quirúrgico-estético de su culo. "Es para darle un toque más visual a cada cagada" alega, a lo que Braulio y Gertundia están de acuerdo.

La piba se convierte rápidamente en una POOPSTAR, viajando y cagando por todo el planeta.

ASSPOOP explota y revoluciona el mundo de las aplicaciones sexuales. Se convierte en la aplicación n.º 1.

Todo el mundo caga y le gusta que lo vean cagar.

Psicólogos, psiquiatras, médicos, sociólogos e intelectuales analizan el furor por ASSPOOP.

—Esto es inaceptable. Es una revolución orgánica hecha por dos descerebrados que han puesto en jaque al buen gusto.

—Hoy somos testigos de la majestuosidad de nuestros anos.

—Hace diez años que soñábamos con esto y hoy es

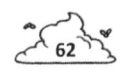

realidad.

Usuarios de Twitter comentan: DESDE HOY SOY MILLONARIO GRACIAS A MI CULO. GRACIAS BRAULIO. ESTUVE A PUNTO DE SUICIDARME, PERO ASSPOOP ME SALVÓ. HOY SOY MISS ANO DE PERÚ.

Es que sí, amigos. Miss Universo tiene un subcampeonato llamado Miss Ano, el cual es patrocinado por ASSPOOP.

EN MI CASA CREÍAN QUE ERA UN VAGO HIJO DE PUTA. AHORA SOY UN VAGO HIJO DE PUTA, PERO TENGO MILLONES EN EL BANCO GRACIAS A ASSPOOP. MI ANO ES LA FLOR DE PRIMAVERA. Contacta conmigo: @Analbell.

QUIERO COGERME A BRAULIO Y GERTUNDIA EN UN TRÍO PARA TODA LA VIDA, LOS AMOOOOOOOOO. ESTOY DISPONIBLE DE 12 A 15, PUEDEN VER MI ANO ARDER EN UNA CAGADA MONUMENTAL. Usuario: @Quincyassbro.

ESTÁBAMOS SOLOS Y HOY SOMOS LOS ANOS MÁS BONITOS. TE AMO, MI AMOR. (Fotografía de dos culos defecando al mismo tiempo).

Pero no todo es color de mierda de dos días.

La fama corrompe el corazón de Braulio que amenaza con dejar sin porcentaje de ganancias a Gertundia.

—¡Vos no inventaste nada!

Se escucha la grabación en el show de chimentos "LA OTRA CARA DE LA NALGA", un espectáculo especial sobre el mundo de ASSPOOP.

—Braulio ha empezado una relación formal con Enriqueta Domínguez Quispe, una prostituta boliviana ganadora de "CULO DEL MES", en la semana de 15 al 21 de diciembre en Copacabana.

Aturdido por los medios de comunicación y los Streaming, Braulio decide pagarles a cinco chicas morenas para que lo acompañen a una campiña en Suiza.

Por cuatro semanas desaparece de los medios y la gente se pregunta: ¿La fama rápida lleva a la depresión?

Es el momento de más necesidad de Gertundia, donde experimentando descubre que su ano ya no se ve tan hermoso como antes. Pierde seguidores rápidamente. El tiempo pasa y la vejez se marca en las arrugas de su esfínter.

El imperio empieza a caer después de años de revolución anal y nacen aplicaciones similares que compiten directamente con ASSPOOP.

Si podés cagar, podés mear.
DRINK MY PEE

Pero esa aplicación no le pertenece a Braulio ni a Gertundia ni a Evarista, ni siquiera forma parte de los accionistas anónimos de la aplicación.

¿Quién puede ser tan cretino de robar tan magnífica idea?

Una idea que nunca se le ocurrió pero que estaba a la vista de todos.

¡¡¡EL HIJO DE PUTA DE BULACIO!!! gritan los tres a coro en su mansión en Nordelta.

En una publicidad en Canal 9, un pene flácido de 7 cm mea sobre la boca de una muchacha afroamericana con vitíligo. El logo de una gallina en verde y Bulacio presenta la aplicación con una sonrisa de oreja a oreja.

—¡Estamos perdidos! —gime Braulio, acabando sobre la oreja derecha de la sobrinita.

Y como una mala premonición, las acciones de ASSPOOP se derrumban en el mercado y en la bolsa. En un abrir y cerrar de ojos, es hackeada por ese ano marrón de Singapur que tiempo atrás fue el primer usuario después de Evarista.

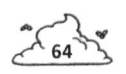

Todo se desploma junto con la fama, obligando a Braulio y Gertundia a vender el Ferrari usado, la mansión, a cerrar las sub-empresas y los patrocinios de show televisivos, Streaming y productos para culos felices, además de premios y festivales como Miss Ano, The Best Ano del año, Anopalooza, entre otras.

La sobrinita comienza con problemas para caminar por su cirugía estética anal. Sus piernas se ponen de color violeta, afectando la belleza de su ano.

El negocio cae en el olvido a los pocos meses después de que DRINK MY PEE se vuelve tendencia en las redes sociales.

—Estuvimos cerca —dice Braulio, levantando con sus manos nuevamente un puesto en la feria de la ciudad.

—Pero ahora somos marido, mujer y Evarista —dice Gertundia, besando la frente de la chica en silla de ruedas y sin piernas.

—Marido, mujer y Evarista —repite la retardada, feliz.

FIN

PESTILENCIA

Elizabeth Rivadeneira
& José María Calvo

Se apuró a salir del baño y confirmar visualmente lo que acababa de oír. La frase "El matasanguches ataca de nuevo" estaba en la pantalla del canal de noticias. Día tras día los programas hacen lo necesario para superarse y sumergirse más en el amarillismo barato, pensó. Se secó el pelo, se roció perfume, tomó el bolso y las llaves y salió apurada hacia el pasillo. Antes de cerrar la puerta se detuvo un segundo. Había creído percibir un olor desagradable. Le restó importancia y dio un portazo. No tenía mucho tiempo. Quince cuadras la separaban del lugar en donde se desempeñaría como cajera durante ocho horas. A paso rápido, llegó a la esquina y esquivó a un hombre que había hecho de esa ochava un hogar. Ni siquiera lo miró. Estaba acostumbrada a evitar cualquier tipo de contacto. Lo mismo hacía con los que revolvían la basura de los contenedores o tiraban de los carros. Armada con lentes oscuros y auriculares, se había transformado en una experta en el arte de evadir la realidad como si efectivamente no existiera.

A poco de llegar a destino, un contratiempo la obligó a taparse la nariz. Un vago que se le había acercado a pedirle algo para comer; la fetidez de ese hombre le dio nauseas.

Cuando al fin llegó se apuró a cambiarse, por alguna razón el olor seguía presente. Revisó la suela de sus zapatos, quizá había pisado algo en el camino. La gente es muy sucia y todo el tiempo deja la mierda de sus animales en el camino, pensó. Pese a los mendigos y tener que esquivar la materia fecal sobre las baldosas, prefería caminar. Era la opción más sensata frente al horror de aventurarse al transporte público. Quince cuadras podían convertirse en una verdadera tortura ante la cercanía de esas señoras obesas que subían pesadamente para pedir el primer asiento o aquellas madres desalineadas que cargaban con sus crías babeantes y llenas de mocos. Los hombres también. Los más jóvenes siempre estaban transpirados y los viejos olían a polillas. Estar cerca de los ancianos le daba asco y pena por igual; ese segmento de la sociedad siempre le recordaba lo obsoleto del ser humano. A ella no le pasaría, ella vivía haciendo cosas importantes. Gastona conocía el valor de invertir en sí misma y nunca tendría tiempo para perder en alimentar palomas estúpidas en algún parque mugriento.

Ya en la línea de cajas se resignó a la rutina de cobrar sin mirar. El pip de la caja registradora lo tenía tan incorporado como las quejas de los clientes al no obtener los descuentos promocionados. Ambos eran ignorados con el mismo desdén. En el momento más álgido del día, volvió a sentir ese olor desagradable con tanta fuerza que la obligó a levantar la vista y lanzar una furtiva ojeada al anciano que tenía enfrente. Sin entender mucho, el hombre contaba el dinero que sacaba de una bolsita transparente y lo entregaba en su totalidad para pagar su compra. Gastona lo tomó sin quitarle la vista de encima y lo roció con alcohol para luego depositarlo en la caja, luego dibujó una mueca y dijo:

—No tengo cambio, le voy a tener que deber el vuelto.

Y llamó al siguiente.

El anciano agachó la cabeza y tomó la bolsa de alimentos

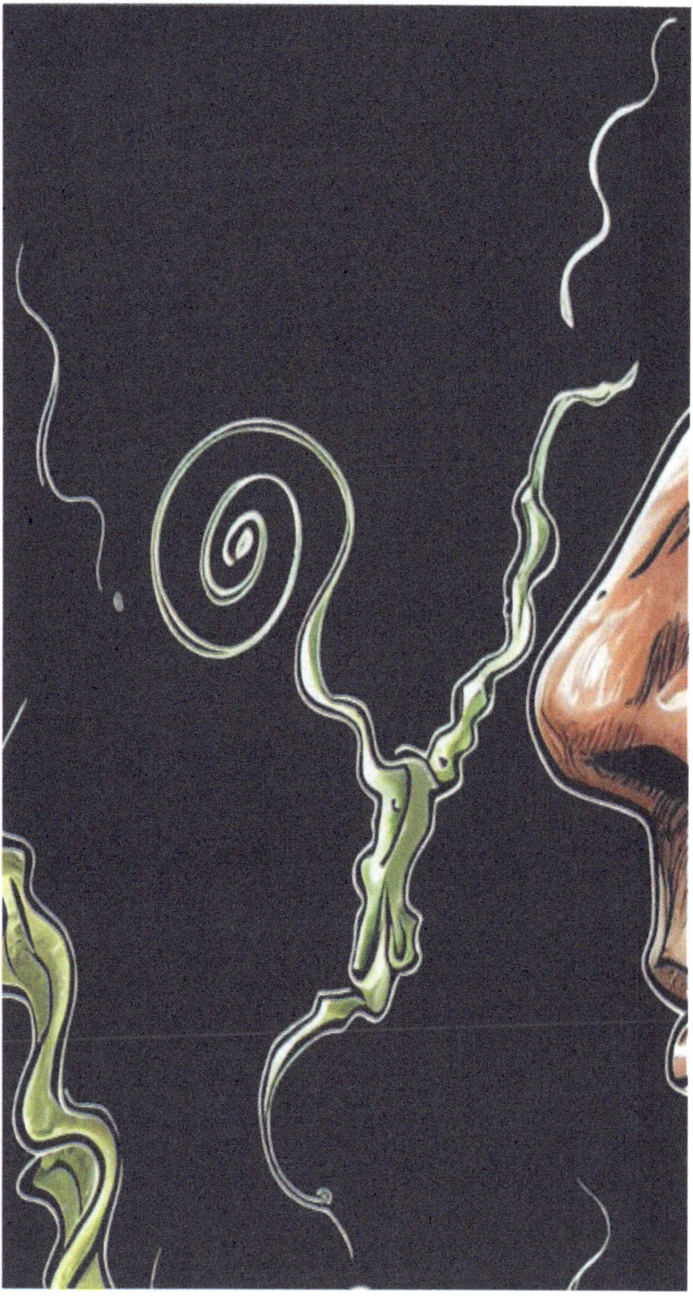

que cada día le costaba más poder adquirir. Para cuando terminó la jornada, el ritual de oler con cuidado y buscar a su alrededor se repitió. Estaba sola en el vestuario y no podía descubrir qué era. Buscó en el lugar, acercó su nariz a los lockers, se cambió de ropa y revisó minuciosamente cada prenda. No había nada, sin embargo, el olor persistía, como una ráfaga que se acentuaba de a ratos, pero jamás se desvanecía del todo.

Presa de un exceso de mal humor, tomó su teléfono y canceló sus citas. Meditó en que tenía en sus manos la excusa perfecta para no asistir a ningún sitio; su día había sido terrible y la sola idea de compartir la mesa con otros y tener que fingir que le resultaba mínimamente interesante cada charla la abrumaba aún más. La tonta necesidad que tenían las personas de conectar con otros como escape a su soledad le parecía ridícula y completamente sobrevalorada. Pese a que su amiga, una de las pocas que le quedaban si no era la única, le había insistido puntualmente que vaya a la cita, Gastona consideró que lo que le pasaba era, sin dudas, mucho más importante. Luego de volver a explicarle que no iría, colgó inmediatamente pues una arcada le impidió seguir hablando.

Para cuando llegó a casa, el olor ya era insoportable. Decidida a terminar con esa pesadilla maloliente, Gastona se armó de utensilios y líquidos de limpieza y frotó cada rincón de la casa, tomó toda la ropa y el calzado que había usado y lo lanzó con asco dentro del lavarropas.

La casa relucía, pensó que todo estaba resuelto, pero al sentarse en el sofá, el olor regresó, justo al momento en que el timbre de su casa sonaba. Era Demetria, su amiga, que había decidido abandonar la salida grupal para pasar a verla y saber qué le pasaba. Ella le contó en detalle sobre su día sin dejar huecos para la interacción, el olor la había perseguido todo el día, no lo soportaba más.

—¿No lo sentiste al entrar? —le preguntó.

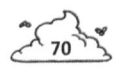

Su amiga no podía percibir nada. Fue entonces cuando Demetria le ofreció llevarla a una guardia. Según ella, había veces en que los receptores sensoriales captaban o distorsionaban aromas y el cerebro los percibía de otra manera. Contrario a su suposición, el médico no encontró nada extraño y los análisis no demostraron ninguna anomalía sensitiva.

Agotada por la situación y la incompetencia de los profesionales de la salud, Gastona estalló en llanto. Demetria, entre tanto, trató de consolarla, pero solo recibió insultos de todo tipo.

—¡Es que no sé de dónde viene, es insoportable, no puedo más! —repetía.

Demetria acompañó a su amiga hasta su casa. Pero lejos de pasar, las quejas crecieron. Al parecer, el olor se había intensificado notablemente en todo el departamento, aunque Demetria no podía sentirlo. Sin desesperar, ayudó a su amiga a que se bañara y se acostara. Unas pastillas para dormir ayudaron a remitir la situación. Al día siguiente, un abrir de ojos seguido por un inmenso vómito al costado de la cama volvieron a traer el tema a la luz.

—Ahora es más fuerte y está por todas partes —gritaba Gastona.

Demetria miraba a su amiga desconcertada. Entonces surgió lo impensado. Ante lo extremo de la situación, Demetria le ofreció una salida todavía más extrema: ir a ver a una bruja.

Viajaron por una hora. Lo hicieron en tren. Demetria no parecía tener mayor problema en hacerlo, pero Gastona lo hacía con una resistencia férrea. Difícilmente podía decirse si la expresión de asco en su rostro era producto de lo que le pasaba o de los vendedores ambulantes que dejaban, atrevidos, todo tipo de golosinas y porquerías sobre su regazo. Se había colocado los anteojos negros y los auriculares tan abruptamente, que había interrumpido lo que Demetria había comenzado a decirle. Acostumbrada a su mal carácter, su amiga tomó un libro y dejó que el viaje pasara sin hablar. Gastona, por su parte, mantenía la vista absorta en la ventanilla que le devolvía un paisaje atípico, detestable, ni el mejor de los días hubiese podido mejorar ese rancherío conurbánico, ese cielo tejido de cables desprolijos, esas calles y veredas mugrientas y toda esa gentuza sonriendo en sus vidas grises de humo y tierra. Gastona reprimió una arcada y, de inmediato, abrió su bolso, tomó un pañuelo, lo roció con perfume y se cubrió la nariz.

Demetria la tomó de la manga porque se acercaba el momento de bajar. Caminaron por varias cuadras.

—Esto es Merlo al fondo. —dijo Demetria sonriendo—. Yo tenía una tía que vivía por acá.

Gastona no le contestó. No le interesaba y no tenía humor para fingir.

Llegaron a la casita de madera y chapas de zinc. Gastona inspeccionó la precaria vivienda de manera descreída, pero el olor casi le hacía perder el conocimiento por lo que siguió adelante y no se echó atrás cuando Demetria golpeó la puerta.

Una anciana bajita y encorvada las atendió parsimoniosa. Intercambió con Demetria las bolsitas de mercadería y le devolvió las gracias junto con una sonrisa. Luego se volvió a Gastona, la observó con mirada seria y, pese a la insistencia en la explicación, le pidió que se quedara sentada y guardara silencio.

Sin que ninguna entendiera nada, la anciana salió por la puerta de atrás del rancho. Luego de un cacareo infernal volvió con una gallina y se acercó a tomar algo de la cocina. Frente a las muchachas, le abrió la garganta y la sostuvo en alto sobre un cuenco que empezó a llenarse de sangre. Gastona no salía de su espanto. La anciana balbuceaba palabras mientras levantaba y bajaba el cuerpo del ave. Un minuto después, tiró el cuerpo y agarró el cacharro de barro con ambas manos. Sin preguntarle nada, lo acercó a la boca de Gastona. La acción la tomó por sorpresa y Gastona sintió la sangre tibia colmar su cavidad bucal y descender por su garganta. La anciana la miró exhortante:

—Trague mija, para que se manifieste lo que no ve. Rápido.

Mientras Gastona se reponía, la anciana le explicó a Demetria que hay cosas que son vedadas para la mirada de los mortales, cosas que no podemos ver, o no queremos.

Salieron de ese lugar en estado de shock. Demetria la acompañó hasta su casa, pero Gastona, absorta todavía por lo sucedido, le pidió que la dejara sola, que necesitaba descansar.

Contenta por dejar a su amiga y a toda esa estupidez de la curandera atrás, Gastona subió por las escaleras y abrió la puerta de su casa. No habían pasado ni dos segundos y el olor nauseabundo la abrazó como un náufrago desesperado a la única tabla en el mar. Gastona no lo soportó y estalló en gritos de odio.

—¡Vieja de mierda! ¡No hizo nada!

Caminaba por la casa alzando la voz en improperios y quejas.

—¡Todos son una mierda! ¡Inútiles!

Cuando llegó al final del pasillo, se detuvo frente al espejo que usaba cuando se cambiaba. Se acercó en la penumbra y se refregó los ojos, la imagen que la superficie le devolvía era una forma humanoide deshaciéndose, chorreando mierda por todos los poros, desde la cabeza, los brazos, las piernas, toda una montaña espesa, maloliente e inevitablemente propia.

"FLOJERA RECTAL LE HABIA DIAGNOSTICADO EL PROCTÓLOGO SEGUNDOS DESPUÉS DE RETIRARLE DOS DEDOS DEL CULO"

CAP. 3 PÁG. 27
COMO BATIDO DE MIERDA 2

GOLDEN BOYS

Erika Wolfenson & Franco Rozano

La ciudad yace en penumbra; envuelta en un aroma nauseabundo, recorre las calles vacías. La gente, temerosa, evita salir; todos se esconden de la peste. Sin embargo, hay quienes son escépticos y piensan diferente.

Desde las sombras emerge un grupo de figuras; sus carcajadas grotescas resuenan como ecos en la negrura. Son hombres que transitan la urbe con la despreocupación de una noche primaveral, pero cuya esencia se entrelaza con la pestilencia de un basurero en pleno verano. Sus risas, cargadas del hedor a alcohol y tabaco rancio, se adhieren al aire, amplificando la inmundicia.

Ellos disfrutan, evocando sus andanzas y riendo en voz alta. La cloaca es suya; lo sienten en cada fibra, un amor cultivado durante años de reuniones clandestinas. Pero algo ha cambiado. Ahora, el hedor se expande y la ciudad deviene en una gran cloaca en ascenso. El sueño, al fin, se ha hecho realidad.

Gervasio camina riendo, con las manos en los bolsillos. Para él es una noche encantadora; no recuerda la última vez que se sintió tan vivo. A su lado, Bulacio y Tiburcio comparten la hilarante anécdota de una zorra a la que le daba un ataque de hipo mientras tragaba una verga. Era imposible olvidarlo. Tiburcio estaba dentro suyo mientras Bulacio disfrutaba de un oral hasta que le dio el ataque.

¿Y qué decir del último integrante de este peculiar elenco que conforma el cast de las Tortugas Ninjas? No es otro que Raimundo. Siempre lleva consigo un aire soberbio, una actitud altiva que parece elevarlo por encima de los demás, aunque ese falso empoderamiento solo lo ponía de cara a las burlas. Pero hoy no se reirían de él. Sus amigos sexópatas lo aplaudirían, pues ha encontrado la manera de sentir placer de forma constante sin necesidad de recurrir a ninguna zorra o violación como habituaba.

Esa noche, el grupo se topó de frente con la gran revelación de Raimundo Bergo.

—Encontré cómo prescindir de todo.
—¿A qué te referís? —preguntó Gervasio, intrigado.
—Dejálo, seguro es una pelotudez —agregó Tiburcio.
—Vos decís pelotudeces, come-mierda —replicó Raimundo, visiblemente molesto.
—Dale, decílo. No te calentés que después te pinta el coge-amigos. —se burló Bulacio, desatando la risa de todos.
—Se los voy a decir, pero no me juzguen, pelotudos. —sentenció Raimundo—. Ahí va el consejo. Presten atención, retardados.

En ese momento, la parte más nerd de la mente de Raimundo tomó el control, guiando sus acciones con una precisión imperativa:

»Cerrás los ojos. Respirás hondo hasta sentir cómo tus poros se abren, dando paso a la piel de gallina. Hacés memoria. Suena tu teléfono. Medio dormido, lo tomás y, aunque te tienta revolearlo, terminás silenciándolo. La luz de una notificación parpadea. La mirás con atención. El mensaje te sorprende; no podés negar que la idea te seduce.

»El reloj te indica que ya es de mañana. Lo confirmás por la luz que te da de lleno en la cara, como las cachetadas que te daba tu vieja. Puteás como un lobo aullándole a la luna, aunque lo tuyo es una protesta contra el nuevo día. La pereza, la vagancia y la flojera son tu pan de cada

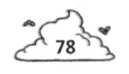

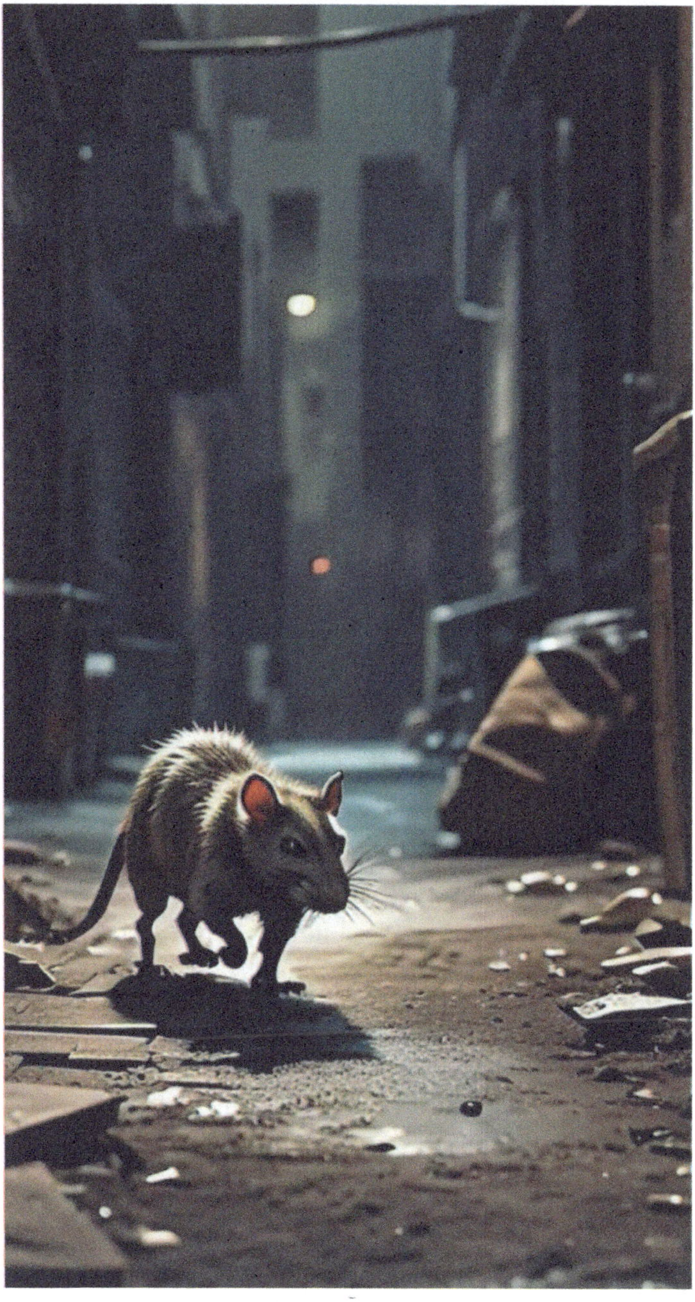

día. Sentís un extraño orgullo por haber vencido a la epidemia del trabajo: siempre que te agarran ganas de hacer algo, te vas a dormir un rato y se te pasa. Aniquilás al trabajo con la vacuna de la procrastinación, una inyección de aplazamientos que te exime de cualquier intento de progreso.

»Releés el mensaje. Te ofrece una salida, adornada con canciones devotas y la promesa de una vida de ensueño. Agarrás el teléfono sin molestarte en limpiar la mugre que cubre su pantalla; te parece un detalle que, de algún modo, suma. Te levantás de la cama con movimientos lentos y colocás el celular, sostenido por un cenicero, sobre la columna del parlante. Desde las sombras, una araña emerge y te observa con una mirada invisible. Te inclinás hacia ella, y en ese instante comprendés que, si pudiera tener una expresión, sería una mezcla de repulsión y desprecio. Asco.

»La luz se dispara... Sabés que es la hora. Bajás la mano, despreocupada y sigilosa, hasta el botón de tu jean. Hacés memoria: recordás cómo el pedo de anoche te dejó tumbado en el piso y con la poca energía que te quedaba, te impulsaste hasta la cama. Seguís desabrochando el botón y liberás a tu "lagarto". Inspirás profundo, como si quisieras capturar la esencia de tu ser. Ahora, con ambas manos, terminás de abrir el cierre y pegás un tirón, dejando que el pantalón caiga hasta tus muslos.

»Te apoyás con el codo izquierdo para incorporarte, lo que te da un pantallazo de tu verga flácida. Con las yemas de los dedos índice, pulgar y mayor, frotás el prepucio hasta capturar una secreción blanquecina, densa y pegajosa, con un fuerte olor característico a leche cuajada. Te lo llevás a la boca y lo saboreás como si disfrutaras de un helado de crema americana. Sentís un placer peculiar en el acto y te regodeás en la cama. El sabor es particular, y entonces recordás que, durante la noche, te measte del pedo que tenías.

»Tocás tus bolas, en vano. Sabés que esa "manija" hoy está muerta, y no podés nada, por más que te esmeres en jalarla.

»La plata es buena, sabés que vale el esfuerzo. El tiempo queda expuesto a la luz, el clic vuelve a retumbar.

»Te recostás en el lecho, mirás a la cámara con deseo. Ella conoce tu secreto, y vos estás dispuesto a llevarlo a otro nivel.

»Con movimientos circulares, inicialmente suaves, recorres desde tu cadera hacia tus tobillos. Los sentís ponerse rígidos, y eso te complace. Tus ojos están abiertos, la memoria alerta. Te embriagas con la experiencia. Una fusión de deseos íntimos y el anhelo de complacerlos. Tus dedos, aún viscosos por tu esperma, llegan hasta la base de tus pies. Susurros de pasión escapan de tus labios cuando, con un toque experto, logras lamerlos. Recordás exultante, esa operación que te cambió la vida. ¿Para qué sirven las costillas flotantes? Volvés a recordarlo. Te reís, nadie tiene ni la más mínima idea de lo feliz que sos. Los comparás mentalmente, chuparte los pies o chuparte la verga. Llorás, la tuya es pequeña y no llama la atención. Los niños ricos te enorgullecen, las estrellas de la noche son las más olorosas. Y por fin, de estos caés preso, hundís tu boca para engullirlos. Hacés clic en tu cabeza, clic en todas partes. Clic, clic, clic... Silencio.

»Tu lengua se encarga de acariciar sin descanso las umbrías y cálidas extremidades con las que cada noche sueñas. No sabés por qué lo mantenés en secreto. Se han cogido a un pato de hule, una gallina y hasta a una cucaracha, pero sentís que no se le compara. Tu mente, embobada por la excitación, se lo pregunta. El clic del obturador captura una última imagen».

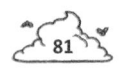

—No me digas que esa pelotudez solucionó todo. —cuestionó meditabundo Gervasio, sin entender cómo chuparse el dedo del pie podía ser la respuesta: El fin a la "necesidad de mujeres".

—Dejálo. Se hace el vivo y no entiende nada —dijo Tiburcio.

—Raimundo, sos un pelotudo. Estamos todos de acuerdo en eso —agregó Bulacio.

Raimundo los observa, incapaz de aclarar su mente. Está molesto, quiere que esos hijos de puta cierren la boca, necesita que lo hagan. Lo tienen harto, lo tratan de boludo cada dos por tres, y eso lo hace enojar. Pero contar el paso siguiente implica exponerse. He aquí el problema: ¿quedar como un tarado o finalmente exponerse? Se dice a sí mismo que no necesita demostrarle nada a sus amigos, que no es necesario. En el fondo sabe que miente, que sí quiere probar algo. Claro que sabe que él también es un pajero importante.

—A ver putos, se los voy a decir...

—El dedo gordo sabe a pie. —interrumpe Tiburcio, y todos ríen a carcajadas.

—Cerrá el culo, aborto de mono fallido. —dice Raimundo, esta vez riendo con los demás—. Lo que hago es...

»Tras unos días, los dedos ya no te calientan. Vas a buscar a una puta para cogerla y no lograrás que se te pare. Te sentís un pelotudo impotente, te lamés pensando que te vas a excitar, pero no, el amigo no responde. ¿Qué hacés? ¿Te quedás con las ganas y las bolas se te llenan de salsa blanca? No, pensás en una solución. En ocasiones anteriores sentiste cómo el miembro rozaba tu barbilla, estuvo ahí todo el tiempo. Te gustaba ese roce en tu rostro, ese que ocurría por casualidad. Por lo que volvés a la cama, te desnudás, sujetás tu verga y doblás tu cuerpo. La proximidad te la deja bien erguida, el corazón te explota de emoción, tus ojos se pierden en el falo, es lo único que querés. Te aproximás, el arma te embriaga, ese olor condensado de sudor, orina y presemen te encanta, te humedecés los labios con la lengua. Estás cerca de hacerlo, pero disfrutás el paso previo, hasta que por fin te decidís, comenzás a chuparlo. Es duro y caliente; te ahoga y te encanta. No te das cuenta de que estás cerca, sos preso del placer hasta que estallás, pero es lo más rico que recibís en tu boca. Se trata de la mejor chupada de tu vida.

Los demás se quedan atónitos. Piensan reírse y tratarlo de puto, pero en el fondo consideran que tiene un punto. Están cansados de siempre tener el mismo sexo. Se sienten frustrados, aunque no lo admiten, por lo que la idea solo se lleva el silencio de todos y una mirada algo perdida. Gervasio toma la palabra.

—Si te sirve, supongo que no vamos a joderte, trolazo.

Todos ríen, incluso Raimundo al ver la dulce expresión del rostro de Gervasio. Continúan con su charla en la hedionda vía pública, hasta que llega el amanecer y se separan.

Más tarde ese día, todos le envían un mensaje a Raimundo: "Probé sacarme las costillas y mamarla. ¡Me encantó!".

Él sonríe, sabe que siempre tuvo razón y que ya no necesita a nadie. Encontró el modo de satisfacer sus deseos sexuales; esta paz acontecida lo lleva a volver a tomar la leche.

¡ME LA CEPILLO!

Emanuel & Cristian Melis

*[Escaneá el código QR y escuchá la canción
que Cuca-Boy te tiene preparada]*

Agarro esa barra, le doy un mordisco.
Se la'rrimo al gato... Ay, ¡Qué arisco!
Es cacao de nalga que sabe a membrillo.
Si me cruzo a tu hermana... ¡Me la cepillo!

Me desgracio en la cama, al rato abanico.
Me 'toy cagando, no sé si me explico.
Corro al baño, me sale humito.
Ya hará falta incienso y muchó perfumito.

El gato maulla, patada de grulla.
Maldito sabueso... Ay, ¡La sinhueso!
Me muerde con odio, con bástante ahínco.
¡Traéme a tu abuela que me la trinco!

Lo frio en aceite para mi deleite.
Mastico su carne, bebó de su sangre.
A la molleja de sesos, l'echo vinagre.
Sabe a tu vieja, ¡Altó bicho-bagre!

Todos me conocen como el pibe cuca.
Si lo sabrá tu tía, se la puse en la nuca.
Juegá con la suya y la mía de abajo.
Hoy se la dejo, mañana la saco.

[Interludio]

Si me cruzo a tu hermana
Me la cruzo a tu hermana
Si la cruzo a tu hermana
¡Me la cepillo!

Me cruzo a tu hermana
¡Me la cepillo! (x3)

[Letra ininteligible]
Me 'toy cagando, no sé si me explico.
Corro al baño, me sale humito.
Ya hará falta incienso y muchó perfumito.

El gato maulla, patada de grulla.
Maldito sabueso... Ay, ¡La sinhueso!
Me muerde con odio, con bástante ahínco.
¡Traéme a tu abuela que me la trinco!

Lo frio en aceite para mi deleite.
Mastico su carne, bebó de su sangre.
A la molleja de sesos, l'echo vinagre.
Sabe a tu vieja, ¡Altó bicho-bagre!

Todos me conocen como el pibe cuca.
Si lo sabrá tu tía, se la puse en la nuca.
Juegá con la suya y la mía de abajo.

Ay, ¡La sinhueso!
l'echo vinagre.
Sabe a tu vieja, ¡Altó bicho-bagre!

¡Altó bicho-bagre! (x3)

Todos me conocen como el pibe cuca.
Si lo sabrá tu tía, se la puse en la nuca.
La nuca. (x3)
Juegá con la suya y la mía de abajo.
Hoy se la dejo, mañana la saco.
Mañana la saco.

PÉRDIDA DE LA VIRGINIDAD

Andrés F. G. Santana

(Pasillo de Biblioteca)

Me tocaba comer y quedarme en el instituto hasta tarde. Tenía tres exámenes: dos por la mañana (Matemáticas y Lengua) y por la tarde Ciencias Sociales.

Ese día estaba muy tensa. Iba muy concentrada para afrontar lo que tenía por delante, quería aprobarlo todo pero tenía los nervios a flor de piel.

Como soy muy propensa a ponerme muy nerviosa y orinarme de la ansiedad e intranquilidad que me entra al mismo tiempo, me puse un par de compresas por si acaso; que no iba a ser la primera vez que me sucedía.

Para el almuerzo me llevé un sándwich de jamón serrano y un plátano, que tiene las vitaminas que necesito mientras estudio.

Nada más llegar, la profesora de matemáticas puso la hoja del examen delante de mí y me dio dos horas para responder varias ecuaciones complejas. Antes de comenzar hice mis cábalas como de costumbre, y al cabo de una hora solo llevaba la mitad del examen realizado. Mi tensión estaba por las nubes, no sabía qué más hacer. En otras circunstancias me habría acariciado disimuladamente, pero ahora mismo no había tiempo que perder, necesitaba aprobar a como dé lugar.

El reloj fue avanzando hasta que se cumplieron las

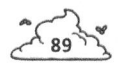

dos horas. Al final solo dejé una ecuación sin resolver. Para relajarme un poco, se me ocurrió ir al servicio a darme un meneíto ahí abajo con los dedos, que tanto placer me daba.

Pero los servicios estaban muy concurridos, por lo que, en cuanto me tocó el turno, me senté en el retrete y me quité todas las compresas que llevaba puestas. Estaba vaciando mi vejiga cuando escuché gemidos del otro lado del cubículo. Eran gemidos de jovencitas como yo que se estaban masturbando y no parecía importarles que alguien más la oyera; de hecho, daba la impresión de que a cada segundo sus gemidos se acrecentaban. Disfrutaban meterse los dedos, lo que obviamente hizo que me pusiera más caliente de lo que ya estaba.

Así que, sin más, comencé a frotarme ligeramente y a colarme los dedos sin profundizar demasiado, aunque un poco más rápido cada vez. Quería alcanzar el orgasmo cuanto antes.

En eso estaba cuando de repente oí voces provenientes del apartado a mi derecha. Eran dos, y una le decía a la otra: "Métemelo bien profundo". Yo (la en ese entonces inocente Hermenegilda) creía que era imposible que un chaval entrase en los servicios de damas, pero sin duda alguna chica debió haberlo infiltrado. No era de extrañar, conozco compañeras muy putas que han follado con chicos hasta en los ascensores.

Al escuchar sus gemidos, me vino un orgasmo espectacular. No pude más que apretar las piernas para que mi dedo no se escapara, y fue entonces que una puerta se abrió y todas quedamos mudas. Al parecer, todas nos habían corrido. Yo me volví a poner las compresas por si me daban ganas de orinar y salí de las primeras de ese grupo de "pajilleras". A continuación, del cubículo de al lado salieron dos jovencitas con una bolsa en la que se distinguía un dildo con arnés. ¡Habían estado follando con arnés! Eso debe ser una gozada, pensé.

El descanso fue muy breve. Tras la liberación de dopamina, me puse a estudiar para el examen de lengua. Estaba confiada en que aprobaría; en cambio, para el siguiente me sentía un poco floja. Se rumoreaba que tomarían el capítulo 13, que contenía sexología y exploración corporal, pero el libro que debía leer era muy extenso y no sabía por dónde abordarlo. Por lo que, enseguida, volví a ponerme tensa y cachonda otra vez.

Cuando llegó la hora del segundo examen, tenía los pezones duros como piedras. El profesor se dio cuenta y, en cuanto entré, se me insinuó con la lengua. Con mis minifaldas y mis pezones erectos, era comprensible que resultara atractiva incluso hasta para las chicas. Siempre he sido bastante mona.

El examen también tuvo una duración de dos horas, pero este me resultó más fácil que el anterior. Pude responder todo y relajarme un poco. De vez en cuando el profesor pasaba junto a mi mesa y se acariciaba descaradamente el bulto en su entrepierna, justo delante de mi cara. Menudo cabronazo.

De nuevo el descanso, esta vez para almorzar. Me comí mi sándwich y al rato me entraron ganas de ir al servicio. Me llevé el postre para comérmelo mientras descargaba. Haciendo los esfuerzos necesarios para cagar, me vino a la mente los gemidos que soltaban las chicas hacía apenas unas horas. Entonces comencé a calentarme, y no se me ocurrió mejor idea que frotarme la vulva con mi postre: un plátano maduro.

La cosa es que estaba poniéndome más cachonda con cada segundo que pasaba. Pero justo cuando estaba a punto de correrme, una chica entró gritando que el examen estaba por comenzar, que dejáramos de inmediato lo que estábamos haciendo y regresamos al aula. Yo estaba frotándome deliciosamente cuando, del sobresalto, me metí el plátano en el fondo de la vagina. No voy a negar que me dolió, pero tenía que salir de allí cuanto antes. Así que volteé el plátano, haciendo que la parte final apuntase directo a mi culo.

Sí. Lo dejé dentro, volví a ponerme el pañal y regresé a clase.

En el camino podía sentir la fruta en mi interior. El roce me arrancaba orgasmos con una frecuencia que no creía posible. ¡Casi no podía caminar! Me sentí más caliente aún, y tuve que entrar a clase con aquello ahí dentro. Durante el tiempo que duró el examen no pude moverme en la silla, ya que la fricción hacía que volviera a sentir los espasmos del clímax una vez más.

Cuando acabó el examen, pasé por los servicios nuevamente. Pero las limpiadoras los estaban dejando como nuevos, así que me tuve que aguantar y caminar a casa con el plátano arrancándome aullidos de placer por todo el camino. De vez en cuando me paraba a observar los escaparates. En un momento dado se me cayó un libro y, al recogerlo, sentí como esa cosa ahondaba en lo profundo de mi cavidad reproductiva. ¡La sensación era increíble! Pero no quería mostrar a los que pasaban mi cara de gozo, así que aceleré el paso y llegué rápido a casa.

Tenía el resto de la tarde para relajarme. Mis padres iban a llegar en tres horas aproximadamente, por lo que me desnudé entera y me dispuse a quitarme ese objeto indecente alojado en mi vagina. Pero al bajarme el pañal, vi un río de sangre corriendo por mis piernas. Estaba más que claro de que el dichoso platanito me había hecho mujer. Pensé: "De perdidos al río" y, cogiendo el extremo de la fruta que apenas sobresalía de mi sexo, empecé a moverlo hacia afuera.

Aprovechando la ocasión, acaricié el clítoris con la

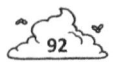

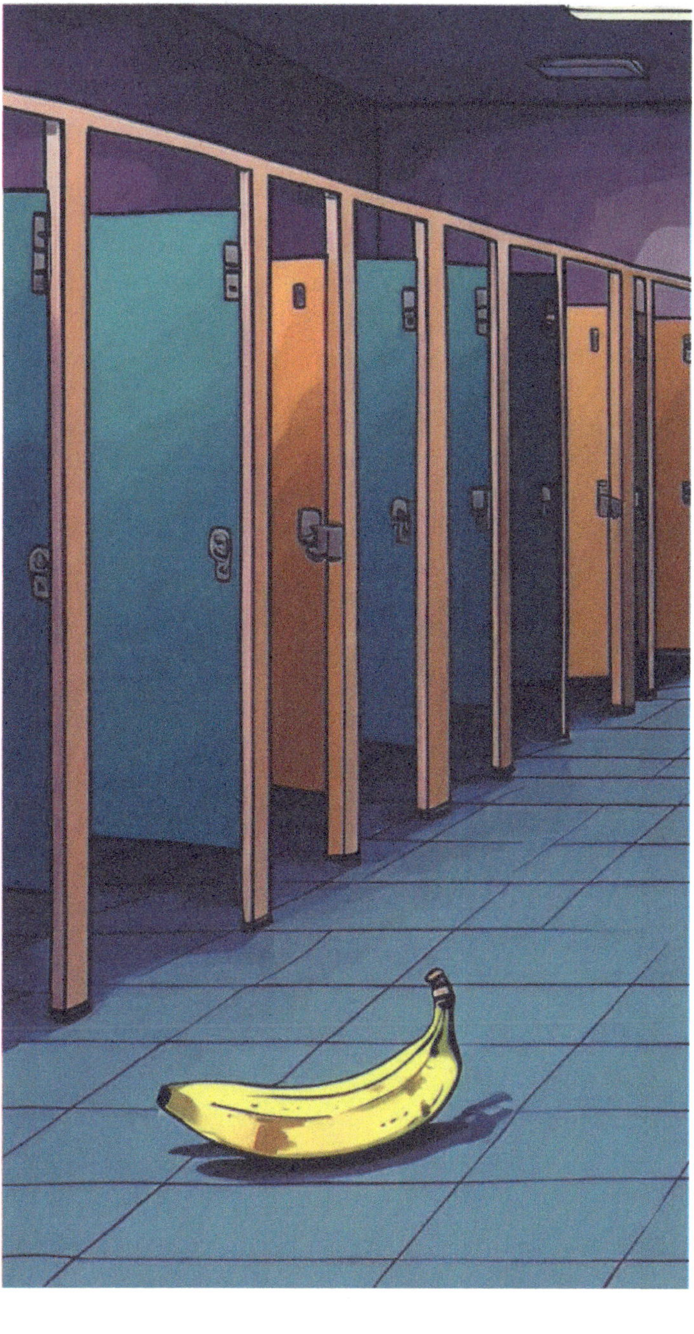

otra mano. Las compresas, sanguinolentas, rodaron por el suelo. El placer llegaba por momentos. Al principio me corrí varias veces, después quise más y lo moví más aprisa. Alcancé tal cantidad de orgasmos que pronto caí rendida al piso y me quedé dormida.

Un sonido de llaves en la puerta me despertó. Mis padres acababan de llegar. Me acomodé la ropa y salí del baño. Los saludé muuuy relajadamente y estuvimos charlando sobre cómo había sido nuestro día. No dije nada acerca de mi pérdida de la virginidad, pero mi madre vio las compresas rojas y no me quedó otra que ponerle la excusa de que tenía la regla, de que me había llegado el mes.

Y así fue como accidentalmente me desfloré.

Hugo Frankenstein

"Para Sari con todo mi corazón"

1

Un tal Cristian Melis me mandó un mail preguntándome si quería escribir un cuento para su antología. Antes de responderle, me fijé en los libros que tiene publicados y me dio cringe el nombre de su obra: "COMO BATIDO DE MIERDA". Detesto a los escritores de Instagram, siempre quieren llamar la atención. Le respondí el mail diciéndole que quizás le mandaba algo. Después descargué su libro y comencé a leer. El texto le hacía justicia al título, era una mierda en serio. Me la crucé a Marcela en el living, ella estaba perdida en la compu. La interrumpí para mostrarle el libro que estaba leyendo. Le dije:

—Che Marce, mirá este libro el nombre estúpido que tiene. Como batido de mierda.

—Qué bueno que estás acá Hugo, porque acabo de hablar con mi psicóloga y me ayudó a llegar a una idea que tengo. Y es que... No sé cómo decirlo.

—Ey, perdón, pero es mucha información. Yo solo te quería hablar sobre este libro de mierda que encontré...

—Bueno, te lo digo, Hugo. Me quiero separar.

—¿Qué?

Marcela se quebró en llanto. Cerró su computadora y se fue a la pieza. Yo me quedé helado, mirando mi celular en la mano. La pantalla mostraba la portada del libro. Caminé a la habitación. Ahí estaba Marcela acostada en la cama, con sus manos descansando sobre su pecho y la mirada perdida en el techo. Me acerqué lentamente y me senté en el borde de la cama. Marcela se secó las lágrimas, luego me habló:

—Como batido de mierda es un nombre gracioso, me despierta intriga. ¿De qué trata?

—Es la historia de un tal Raimundo que arma una empresa de batidos junto a una gallina.

—Pintoresco.

—¿Por qué te querés separar? —le pregunté.

—Hugo, no tenemos intimidad —me dijo, sentándose a mi lado en la cama—. Esto me está agobiando.

—Pero Marce, sabés que soy casto.

—Yo no lo soy. Es más, odio esa palabra. Tanto decían que la casta tiene miedo y al final la casta resultaron ser ellos.

—¿De qué estás hablando?

—Nada, Hugo. Quiero experimentar nuestra intimidad; mejor dicho, mi intimidad. Tengo fantasías, ¿sabés? Tengo muchas fantasías, pero siento que no voy a cumplir ninguna estando con vos.

—¿Y cómo sabés que no lo vas a conseguir conmigo? Yo te amo, Marce. Quiero satisfacerte, haría lo que sea por vos. Y no me importa si ello conlleva quemarme para siempre en el infierno. Te amo tanto que por vos doy mi vida, mi alma y mi...

—Quiero que me hagas caca en el pecho.

—¿Qué?

Mi cara de espanto fue tan exagerada que Marcela se ofendió, se levantó de la cama y se fue al baño, encerrándose de un portazo. La seguí, me senté al lado de la puerta y le hablé:

—Marce, ¿me estás hablando en serio? Perdón, pero sonó como un chiste.

—Todo lo que te digo te suena a chiste. ¿Te das cuenta, Hugo? No podemos conectar, no hay chances. No es solo

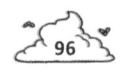

por esto, en realidad lo es todo. Estás metido siempre en tu mundo, y siento que ya no soy parte de ese mundo.
—¿Querés que te diga algo, Marce?
—Decime.
—Quiero hacerte caca en el pecho.

2

Resulta que lo de la castidad es una excusa espiritual para tapar un problema que viene de fondo, y es que en realidad soy asexuado. Mi psicóloga me explicó que es probable que se deba al trauma que me quedó de la infancia cuando fui abusado reiterada y sistemáticamente por mi tío. Obviamente siempre fue un enorme inconveniente tener parejas que me banquen con este mambo mío. Treinta y siete años de eterna soltería fueron interrumpidos con la milagrosa llegada de Marcela a mi vida. Nos amamos tanto que ella dijo que podía aguantarse las ganas de coger con tal de estar conmigo. Y así fue durante un año, hasta que lamentablemente la harté. Ella no se cansó de mi particular sexualidad, sino de lo complicada que es mi cabeza a veces. La falta de sexo es la gota que rebalsó nuestro vaso.

Ahora Marcela está en la cama, tiene puesta una lencería roja y me está esperando. Yo estoy en el baño. Tomé mucho mate tibio y café frío desde temprano. Me aguanté las ganas de hacer caca durante todo el día. Tengo la panza hinchada y con un revoltijo. Lo que más me preocupa de esta situación es que me salió una hemorroide grosera. Me da vergüenza que ella vea mi nudo de globo inflamado, pero no importa. Tengo un gran cargamento de amor esperando a ser volcado en ella. Porque la amo. El amor es para valientes. Y yo me siento valiente.

—¡Marce, ahí voy!
—Ay, dale mi amor, no doy más.

Salí del baño y caminé a la cama. Ella estaba extasiada,

acariciándose, frotándose, calentando los motores para recibir mi amor. Le comí la boca de un beso, luego me puse de pie sobre la cama. Me bajé los calzoncillos y apunté mi culo a su pecho. Ella acarició mis nalgas, mis bolas y mis piernas.

—Dámela toda. Dame todo tu amor.

Hice fuerza.

—Dámelo todo, bebé.

Sentí mi ano dilatarse. La hemorroide palpitó un dolor electrizante que me recorrió todo el cuerpo. Apreté los dientes. Las venas de mi cara se hincharon. Hice fuerza. Mi hemorroide palpitó.

—Hugo, ¿qué pasa que no sale nada?

—Mi amor, creo que estoy constipado.

—¿Me estás jodiendo?

—Perdón, te juro que es la primera vez que me pasa.

3

Estoy en una reunión de trabajo. De pie está el gerente de la empresa que nos explica que ya aplica la nueva ley del gobierno y que ahora se va a poner interesante la cosa. El tipo se ríe mientras frota sus manos. Mis compañeros de trabajo murmuran, se rascan la cabeza, se desabrochan la corbata y se quitan los sacos. Yo no puedo reaccionar a lo que está pasando. No puedo dejar de pensar en Marce. Hace una semana que estamos separados y siento que son años. Cuando nos planteamos mutuamente la separación, no pensé que me iba a doler de esta manera. Duele. Muchísimo. La amo más que a mi propia vida. El gerente de la empresa dice que hay que hacer recortes, que los números no cierran. Acto seguido, saca una daga de su bolsillo y la deja caer sobre la mesa. Dice que el último que quede vivo en esta habitación se queda con el puesto. Sin pensarlo demasiado, mis compañeros se abalanzan sobre el cuchillo mientras el gerente comienza a cagarse de risa y a filmarlo todo con su celular. Entre el griterío y las sacudidas, estoy clavado en mi asiento con el pensamiento anclado en ella. ¿Qué estará haciendo? ¿Será que encontró a esa persona capaz de cumplir sus fantasías? El gerente interrumpe mis pensamientos diciéndome que si no voy por el cuchillo para matar a mis compañeros me iba a quedar sin trabajo. Sin responder nada, me levanté de mi asiento y me fui, dejando atrás aquella brutal escena. ¿De qué sirve tener un trabajo si no voy a compartir sus frutos con ella? ¿Qué sentido tiene seguir andando, respirando y viviendo si no voy a vivir a su lado? Nada de esto tiene sentido. Pero si hay algo que no puedo apartar de mi cabeza, es eso que me enseñó mi abuelo José: "El amor no es para cagones". Así que saqué mi celular y le mandé un mensaje.

4

—Amor, necesito que hablemos.
—No me digas más así, boludo. Te voy a bloquear.
—No, esperá por favor. Dejáme decirte que no puedo vivir sin vos, si me bloqueas me voy a suicidar.
—Suicidate, no me interesa.
—¡Marcela! ¿En serio no te importa si me muero?
—Me llamaste en un momento de mierda, Hugo. Acabo de vivir lo peor que me pudo pasar.
—Contame.
—No da contarte...
—Dale, Marce.
—Me vi con un chico.
—Ah, entiendo. ¿Estás enamorada?
—Nada que ver. Lejos. Es solo un garche fijo. Bueno, ex garche fijo porque después de lo que pasó hoy no lo quiero volver a ver nunca más. Está exiliado del ganado.

—¿Ahora tenés ganado?
—Hice un gran cambio con mi vida desde que no estoy con vos, Hugo. Quiero que lo sepas.
—Bueno, está bien. Contame sobre este chico, ¿qué pasó con él?
—Hoy le pedí que me hiciera caca encima.
—¿Y?
—Y lo hizo.
—¿Y?
—Su mierda era tan hedionda que me hizo vomitar.
—¿Qué?
—Me ahogué con mi vómito y casi me muero. El chabón tuvo que hacerme respiración boca a boca para reanimarme.
—No lo puedo creer...
—Y esto me enoja porque con vos hubiera funcionado hermoso. Me gustaba el olor de tu cago cuando entraba al baño después de vos. ¿Por qué lo tenías que arruinar?
—Marcela, juntémonos a charlar.
—No, Hugo, no quiero saber nada con vos. Te voy a bloquear.
—¡Juntémonos a tomar un vino!
—¿Un vino?
—¡Sí! Un vino y después me bloqueás.
—Bueno, un vino y después te bloqueo.

5

El corazón me late tan fuerte que está a punto de escaparse de mi pecho y salir huyendo. En unas horas me encuentro con Marcela. Fantaseé tanto con este momento. Hoy se da. Recuerdo lo que decía tantas veces el abuelo José. Decía que el amor no era para cagones. En el amor verdadero no existe el miedo, porque el miedo surge de un ente maligno que viene a arrebatarnos lo que es nuestro por derecho. Me miro al espejo, y me digo que hoy me convierto en héroe.

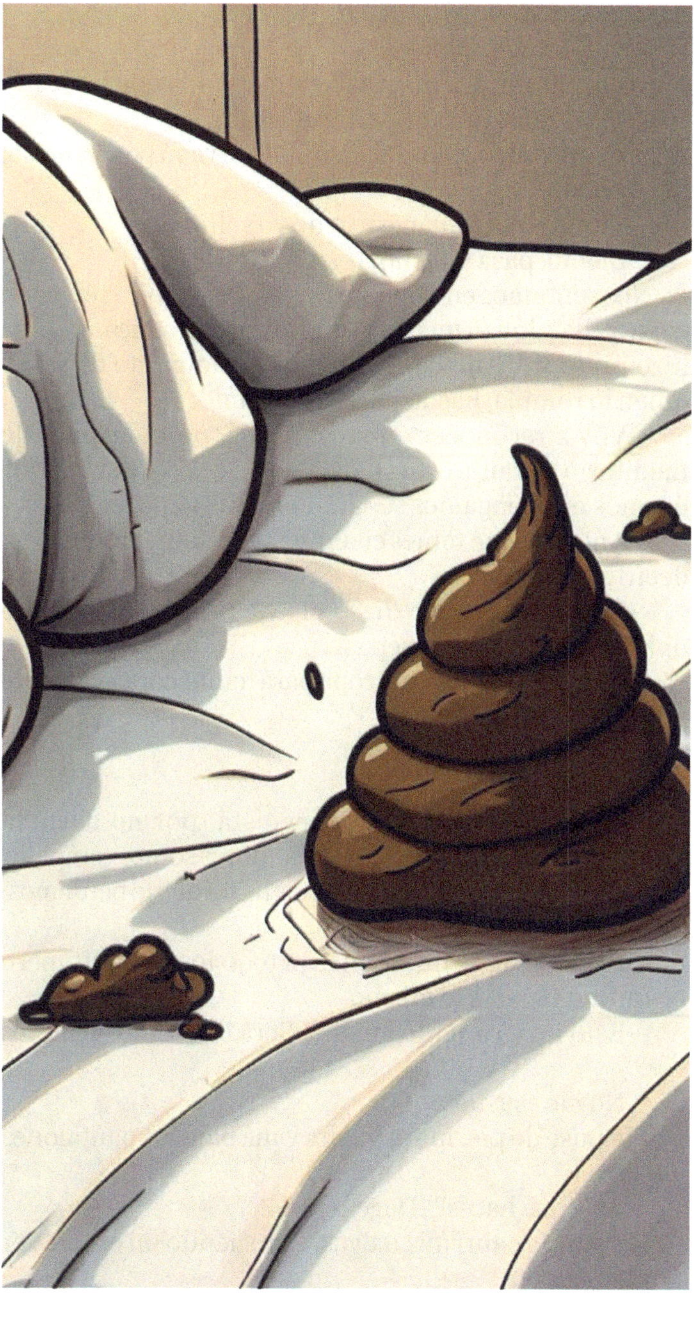

6

Marcela me abrió la puerta. Está más linda que nunca.

—Estás más linda que nunca —le dije.

—Me incomodan los salameros. Si te vas a poner denso, mejor andáte.

—¿Y me voy a tomar este vino yo solito?

—Bueno, pasá y destapá ese vino.

Nos sentamos en el living. Destapé el vino, le serví una copa a ella y luego una para mí. Un silencio incómodo se hizo presente. Ambos esperamos el momento de saber quién lo rompía, hasta que ella se animó:

—Voy a reconocer que te extrañé, pero después de meditarlo durante estos días, pienso que va a ser mejor que nos mantengamos separados para siempre.

—Antes de que tomes cualquier decisión, me gustaría decirte algunas cosas.

—Nada que vos me digas me va a hacer cambiar de opinión, quiero que lo sepas.

Hice fondo blanco a mi copa para tomar coraje. La miré a los ojos y le dije:

—Marce... te pido perdón.

—¿Qué?

—Te pido perdón por ser egoísta, por no darte la importancia que te merecés. Los hombres somos estúpidos porque no sabemos lo que tenemos hasta que lo perdemos. Y yo al perderte, me perdí.

—Hugo, es muy lindo y tierno todo lo que decís, pero no quiero volver a lo mismo.

—Esto no va a ser lo mismo. Será diferente. ¿Querés ver?

—No me asustes.

Me puse de pie, me di vuelta y me bajé los pantalones y el bóxer.

—Ay, ¿qué hacés? ¡Degenerado!

Me agaché, abrí mis nalgas, floreciendo mi entero ser

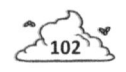

frente a ella.

—Hugo, tu ano se ve increíble. ¿Lo vas a hacer?

Hice fuerza. Mucha fuerza. Apreté los dientes. Mis músculos se tensaron. Las venas de mi cara se hincharon. Mi ano se dilató. Se dilató tanto que salió de mí... un anillo de oro.

—Marcela, mi amor, ¿te querés casar conmigo?

—¡Obvio!

"LA CAMARERA LO HABÍA DEJADO CON EL CASQUITO PALPITANDO, CASI AMENAZANDO CON DESPRENDERSE DEL FRENILLO"

CAP. 6 PÁG. 72
COMO BATIDO DE MIERDA 2

UN DIOS ENLATADO
Maximiliano Guzmán

Hace dos días que el sillón no es manchado por vómito. Ferrer se mantiene sobria. No sucede lo mismo con Beatriz. Ella consume heroína y asume que la última peste saldrá de su boca y se esparcirá por todo el planeta. Somos una pareja de tres. Dudo mucho que estemos en el mismo camino, que tengamos el mismo destino a la hora del apocalipsis.

Yo no concibo un mundo sin mí. Puedo concebir un mundo sin ellas. Ferrer es una puta, Beatriz una beata. Y yo estoy asumiendo el hecho particular de ser el mandamás en una casa explotada.

Experimentar con drogas es tan eficaz como experimentar con armas nucleares. No hay un solo segundo donde la vida no esté de cabeza. Y todo erosiona desde un abismo extremadamente iluminado, donde, a pesar de la luz, la profundidad de sus fauces es proporcional a la cantidad de anfetas, marihuana, cocaína, heroína y LSD que el cuerpo humano es capaz de consumir sin quedar pegado al cable.

Hace exactamente dos días que vivimos de pizza fría, cerveza caliente y sopa con hongos. Puedo decir que después de una dosis mortal de Anfetas, lo que queda al despertar es un vacío que impacta directamente contra la compostura. Y nos descomponemos en el polvo, del polvo que nos empana y juntos somos basura sin barrer. Pero es la escoba del Sistema la que nos permite emerger de nuestras miserias, comprobando que siempre hay una moneda para seguir consumiendo, comiendo, bebiendo y pagando algunos impuestos. La televisión satelital, los programas de entretenimiento y la pornografía. Al alcance de la mano tenemos lo que nos fortalece, conforta y resucita. Como mariposas...con las alas cortadas...rumbo a esa profundidad del abismo iluminado, a la brea de la conciencia.

Y vuelvo sobre mis pasos al destino. El honorable destino que nos tiene a los tres enjuagados y desnudos dando vueltas por la casa, soñando que Kaluchi, nuestro Dealer, está dispuesto a asesinarnos si no confesamos algo que desconocemos que tenemos que confesar.

Tan mareado y perdido como un lobo hambriento en el desierto.

Tan mareado y perdido como una tribu de indios en una nave rumbo a Marte.

He querido confesarle a Kaluchi que, en diez gramos de coca, hay ocho de vidrio molido y harina.

—Se me empasta la nariz —no le dije a Kaluchi sino a Beatriz, pero ella estaba enfrascada golpeándose la cabeza contra la pared. Angustiada por saber que el perro que creía suyo era un gato muerto con las tripas fuera.

—No resistió ser un perro —comentó ella.

Ferrer se colocaba con heroína, con la ropa al revés. La remera entre las piernas y los pantalones en el pecho.

—A la moda —decía. Y Beatriz la miraba admirada mientras sollozaba por ese perro-gato muerto con las tripas fuera.

—Hay que resistir a los cambios —les decía a las dos. Fuimos uno los tres, hasta que Beatriz intentó suicidarse prendiendo el gas. Pero no pagamos el gas.

Es ese el momento en que Beatriz recurrió al existencialismo.

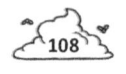

—No me puedo suicidar porque ya estoy muerta. Y no me puedo morir porque ya estoy colocada.

Al fin y al cabo, todo es lo mismo cuando Beatriz vomitó por última vez en el sillón. Su vómito fue una epifanía para su deslumbrante cuerpo flaco.

—Creo que puedo empezar a trabajar en la Administración de la Presidencia de la Nación —dijo —. ¡Mi padre es el presidente! Tengo que llamarlo, avisarle que estoy muerta y necesito trabajar para vivir —añadió. Creo que esas fueron sus palabras o quizás me lo inventé al ver a Beatriz saltando en la cama de felicidad. Ella siempre dijo que su padre era el Presidente de la Nación. Lo que nunca supe es de cuál nación. En Berlín están los de La Supremacía. Beatriz es rubia. ¿Serán ellos?

Ferrer se congelaba en su anestesia de heroína con ensalada de repollo y tomate cherry. Su salud es crucial para poder mantener el ritmo. Su piel callosa es simplemente "Materia de Estudio" para los médicos residentes que usarán su cadáver cuando fallezca por sobredosis. Ella pretende que así suceda, que sea fácil morir y fácil que roben su cuerpo de la morgue para utilizarla en la Facultad de Medicina.

—Podríamos hundirnos en la piscina del vecino —les dije con mal sabor en la boca.

—Eleonora es de Piscis. ¿Nunca tuviste sexo con ella? —preguntó Beatriz.

—Estamos en el futuro. El futuro...el futuro —agregó Ferrer.

Y no. La verdad es que no conozco a Eleonora.

Fue quizá cuando discutimos sobre "Las Correspondencias". A mi nada me corresponde que sean solo ellas y su cuerpo manchado.

—Somos animales sin axilas —dijo Ferrer.

Beatriz sobria es condenadamente inteligente y le respondió a Ferrer como si estuviera dándole clases en el jardín de infantes.

—Siempre vamos a tener axilas. No somos animales, Bestia.

—¿Y qué somos? —preguntó Ferrer.

—Somos esponjas.

Fue sincero mi aplauso.

Fue sincero el aplauso de Ferrer y el beso que le estampó en la boca a Beatriz.

Beatriz hizo una pequeña arcada.

—Deberías ponerte jazmines en la boca —le dijo Beatriz a Ferrer, evitando vomitar.

—No me gustan los jazmines. Una vez aplaste un sapo. Tenía olor a jazmín. Lo aplasté con el pie derecho. (Señaló su pie izquierdo) —Ferrer es casi una adolescente de más de veinte años.

Con Ferrer nos conocimos en un bar gay. Yo no estaba allí cuando la conocí, pero ella estaba allí cuando la conocí. No puedo explicarlo de una manera más ortodoxa, solo que Ferrer estaba en el futuro, el bar gay se volvió un bar gay pero antes era una veterinaria. Ferrer era la hija del veterinario. Al genio veterinario lo marcaron los del narcotráfico. Los Reptiles. Después le prendieron fuego el local, matando a todos los animales que estaban allí.

Ferrer estuvo en el momento en que prendieron fuego la veterinaria. Estaba con su padre y sus dos hermanos con las botellas de nafta y los cerillos.

—Fueron los reptiles, amenazaron a papá —me dijo alguna vez.

Reabrieron el local como un bar gay. El genio del veterinario Ferrer lo regenteaba.

—Fueron los reptiles.

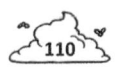

Suponemos con Beatriz que su padre era parte de los Reptiles que quemaron el local por supervivencia, ya que para ese tiempo hubo un Tabula Rasa con la policía de la provincia. Los Reptiles debían reaparecer y reagruparse. Ahora son homosexuales Proto-Socialistas.

Lo que divulga Beatriz en sueños de coca es que su padre la convenció de probar su primer gramo.

—Fue papá, estaba vestido de mamá. Y jugaba con mis hermanos a las muñecas, con sus muñecas (mueve las manos focalizando en las muñecas). —me mira con pesadumbre. —Después intentó cortarse las muñecas, pero lo hizo como si no supiera. Quizá no sabía —finaliza su conversación onírica conmigo. Yo apenas puedo contestar, tengo la boca empastada, dormida y la sensación de estar viajando por un tubo fluorescente al ano de un elefante o un pony o mi madre. ¡Qué involucrado me siento con mi madre! No la conocí como Beatriz conoció a su padre, tampoco la conocí cuando Ferrer se cambió el apellido por el de su estrella favorita de cine de moda en los años 60's. Se cambió el apellido porque estaba harta de buscar satisfacción con los amigos de su padre. Satisfacción que apenas pudo resolver cuando realmente tuvo la oportunidad de tener satisfacción, y fue allí cuando se alejó de su familia, sobre todo de su madre, su madame prostituta, "Su Señoría de los Anillos de Carne". La vendía y Ferrer era un producto accesible en el barrio cerca de un estadio de fútbol. La adoraban los señores feudales y los viejos de mierda. Ella amaba ser querida para no ser amada. No recuerdo cuándo nos topamos en la vereda y supimos, al mirarnos, que habíamos tomado la misma decisión, con la misma distancia y la increíble e idéntica estupidez. Ella quería drogarse con pegamento. Yo le ofrecí beber un trago de mi colonia barata. "Blue". Y redujo el impacto a una risita y a beber el alcohol de la colonia, invitándome a su casa para tener sexo frente a su padre y los amigos de su padre. Y su madre me cobró un porcentaje por querer tener sexo también con ella.

Me negué, no podía pagarle el diez por ciento del cien por ciento de Ferrer.

Fue allí donde decidí rescatarla, o ella decidió escapar conmigo. ¡Me secuestró! Me amenazó con llamar a la policía y contarles que sus padres me habían contratado para amarla. Pero ella solo quería que la quieran, que la desearan. Ahora es una nebulosa, una galaxia gelatinosa totalmente echada a perder. Y sigue siendo hermosa, tiene suerte de la dureza de su piel, de los vellos chamuscados de su pubis y la suciedad con la que se baña sin una gota de agua. ¡Somos perros cazados en una cacería de tontos! Fuimos en búsqueda de los conejos y nos encerraron entre cuatro paredes con ventanas y puertas abiertas. Nos ajusticiaron por nuestro orgullo prepotente. Por nuestra promesa de contactar con Los Federales y combatirlos lamiéndoles las botas.

Nadie es causa y efecto a menos que la causa y el efecto sea la persona que cree que no es reconocida ni pertenece a la sociedad. Nadie es simplemente un "Alguien insatisfecho". Y todo se reduce al comportamiento salvaje de Los Federales en la búsqueda angurrienta de droga y criminales subsidiados por los narcotraficantes que vendían caniches toy y dentro de sus vísceras colocaban las pastillas de anfetas o las bolsitas embardunadas de vaselina con un par de gramos de marihuana. ¿Es culpable el ser humano de usar ese efecto para una causa común a los pobres caniches?

¡Caníbales!

¡No somos animales! ...Bestia.

Es el tiempo tan confuso. Me resulta insoportable observar la televisión con Beatriz hablando por teléfono con su dealer de productos de limpieza.

—¿Vos entendés que La Toro es una lastimosa perra imbécil que quiere cobrarme la lavandina al precio de la coca?

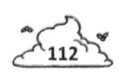

—Bea, no digas pavadas. La lavandina no se fuma —añade en un comentario Ferrer, que mira pornografía a mi lado. Estamos viendo coger a dos homosexuales negros con miembros pequeñísimos. Es una porquería, pero no podemos excitarnos más que con el humor y la humillación ajena. Oh, ahora aparece una enana con anteojos de sol y juguetes sexuales. ¡Es un circo a discreción!

Y me intento masturbar. Y ella intenta masturbarse. Y una cucaracha le sube por la pierna izquierda.

—Me gusta cómo me tocás —me dice, pero no soy yo. Es la cucaracha.

Y la cucaracha está dispuesta...

Y Ferrer le abre camino en su entrepierna.

—Más, más, más, más... —me dice, pero yo me tocó solo.

Y la cucaracha hace su entrada triunfal.

—¡Oh Mi DreamLover!

No puedo evitar vomitar sobre ella.

—¡Hijo de puta!

Ferrer me devuelve el vómito.

Y la cucaracha sigue allí.

—Ay, tenés poderes mágicos y sos un asqueroso —me dice sorprendida porque la cucaracha ha entrado en la guarida del diablo y lucha por meterse más allá de los confines.

—Ojalá tuvieras sentido del tacto. No soy yo. No son mis tentáculos.

—¿Entonces?

—¿Entonces qué?

La enana con los juguetes sexuales impone su poderío armamentista y sacude al negro amarronado con un dildo de primera potencia.

El negro amarronado se sacude en un ritmo frenético.

El negro azulado ríe de los nervios.

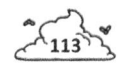

—Tan pequeña y peligrosa —dice una voz en off. —Tan pequeña y peligrosa es nuestra Virtuosa Monstruo de un metro de estatura.

Y empieza a sonar la música.

Beatriz descansa del teléfono y observa junto con nosotros la escena triunfal de la enana.

—Tengo hambre... —me dice en un susurro Ferrer. —El amor me da hambre.

Pero no es amor, es un insecto sexual penetrando los confines del infierno.

Es solo estornudar y seguir, pienso o creo que ella piensa. Quizá si estornudara la cucaracha...

—Son hermosos, mi amor —me dice, sintiendo cómo el insecto suicida y sexual se esfuerza por ser la única en su especie en embarazar a una drogadicta.

Pero es el Credo de la Anfeta que me pone a imaginar el vientre relleno de Ferrer. Un vientre bonito y sudado en medio de una cirugía, en medio de una cesaría y, al abrirlo, ¡Paf! No quisiera ser su médico de cabecera, amigo de su padre, pedófilo y árbitro de hockey femenino. Vería nacer un nido de cucarachas. Estoy seguro de que eso la salvaría de cualquier provocación y oferta sexual a Ferrer.

—Dejémoslo así —le digo, aunque ella no entiende de lo que le estoy hablando.

Y la música sigue sonando en un Loop. O yo estoy en Loop. O es Beatriz la que está en Loop. O...

Wie ganz genau die Wahrheit war
Das fällt niemandem mehr ein

Beatriz estornuda. Y de su nariz sale volando una cucaracha.

¿Cómo puede ser?

Ferrer me asegura con los dedos en V que soy yo quien utiliza poderes psíquicos y estoy dentro de su vagina. Dudo si negarlo o resistirme a ser irresistible con mis poderes psíquicos.

—Soy yo —afirmo.

Y con un gesto de admiración, Ferrer me abraza.

—Tengo hambre... —se invita a la conversación Beatriz.

Caminamos bajo el sol furioso del mediodía.

Beatriz con su cartera repleta de cuchillos, preservativos y dinero falso.

Ferrer con su bolsa negra con el gato muerto ya sin tripas, un plumero y unas cajas de pizzas con algunas porciones de pizzas pegadas.

Desde niño que soy "Un Esteta". Me puse mi mejor traje, mi mejor camisa sucia y mis pantalones pijama, con mis chancletas de cordero y y mis medias hawaianas. Parecemos marido y esposas. Somos un trío dinámico y sin complejos físicos ni morales. Estamos hechos el uno para los tres, los tres para el uno.

En la calle se nos señala al igual que a los superhéroes. Fuimos los primeros en enfrentar a los Azules con piedras y ofensas discriminatorias. Los Azules hicieron lo que quisieron con nosotros, nos encerraron en una cárcel diminuta. A Beatriz la violaron entre cuatro y a Ferrer la usaron como mucama durante los días de prisión. Ferrer es exultante en su bella fealdad. Está arruinada. Beatriz tiene mejor olor, mejor sabor y carisma. Ferrer está convencida de que fueron los alienígenas los que la violaron. Y hoy para ella es el futuro apocalíptico donde todo caerá. "El imperio caerá".

Unidos por el vicio y la introspección, con el elemento existencial de Beatriz, vimos pasar un Ford viejo con una puerta rota y los vidrios oscuros. ¿Será ese? No podía imaginarme que el creador y entusiasta artista de los

hits en la radio condujera eso.
—¡Abelito! —le gritó Ferrer.
—¡Gurkensalat! —gritaron unos jóvenes que iban en tablas.

Lo reconocimos al instante. Su rostro de piedra, sus manos gigantes, su postura de Rey Carioca y el humo negro de sus cigarros extranjeros. Iba a una velocidad máxima indescriptible. Lento, muy rápido, lento. La policía lo escoltaba. Un rey en el asfalto brillante.

—Abelito está envuelto en el Demente. Baila por las noches con criaturas de la mente —comentó Beatriz esperando que la escuchara.

—No podés decir semejante cosa del Alemán Ritmo-Loco.

—Es increíble, vos siempre defendiendo a los rubios.

—Vos sos rubia.

La conversación quedó detenida cuando Abelito volvió a pasar y, esta vez, cargando una Glock 34 empezó a disparar hacia atrás, previamente frenando el Ford. Un espectáculo alucinatorio. Los policías le pedían por favor que deje de hacer un escándalo, ¡Qué se ponga a cantar!

Y la balacera iba y venía de un lado a otro, derivando en ningún lugar, solo en nuestro corazón cuando vimos a Abelito ser atravesado por una bala. Su muerte (o la falta de ella) no fue de una tristeza inaceptable. Beatriz corrió a socorrerlo, pero Abelito era sacado en andas por los jóvenes.

—En honor a Abelito —dijo Ferrer, y se dio un saque de oxígeno.

El saque de oxígeno es lo que los seres comunes llaman "Aspirar aire fresco".

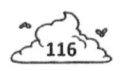

Pero al aspirar no se dio cuenta de que la policía la estaba observando. Su paranoia bien intencionada se corroboró cuando de la bolsita vacía que sacó de su bolsillo, la policía le hizo un entrecejo. Ferrer salió corriendo, huyendo, volando y siendo una pájara al viento. Convencido de que Abelito estaba en buenas manos, Beatriz me tomó del brazo y me dijo—: Quiero que tengamos hijos.

Su propuesta me perturbó.

—Quiero que seamos padres y madres —añadió.

—No estoy preparado aún para esas responsabilidades, apenas tengo la edad para madurar.

—Sos una naranja. Y yo soy una media naranja. Con Ferri hacemos la naranja completa, dos naranjas. Y una manzana.

—De acuerdo, voy a pedir permiso a la policía —respondí.

—¡Pero vos estás loco! —gritó en la calle. Eso me dejó tranquilo. Me dio una trompada en la nariz, haciéndome sangrar.

—Ahora dame el perro muerto —le dije, esperando que me diese algo para secarme la sangre.

—Lo tiene Ferri. Ella ama a los perros. Se lo llevó en la bolsa.

Era una oportunidad inviable. Ferrer llevaba además del gato sin tripas, una bolsa de perfumería con las monedas que juntamos vendiendo cosas robadas de los vecinos.

—¿Debemos escapar como ella? —preguntó Beatriz.

—Debemos escapar de la ciudad hasta encontrarla —respondí.

Y salimos corriendo en busca de Ferrer.

Corrimos cuadras y cuadras, cruzamos calles y nos intercambiamos de vereda hasta que el cansancio nos ganó y descubrimos que estábamos a diez cuadras del supermercado. Y recordamos que Ferrer dijo que iba a ir al supermercado. ¿Acaso nosotros no iríamos con ella? Era una pregunta imposible de responder desde la distancia en la que nos encontrábamos. Beatriz me reclamó ser un olvidadizo. Yo le dije que las monjas juegan al críquet con espías federales y que no era momento para ponerme a dudar de su fidelidad hacia mí y el resto de las personas que conocemos, y que la conocen y que me conocen y que los federales pueden buscarla por crímenes de lesa humanidad. Yo no soy un cristiano maldito. ¡No soy el Papa!

Regresando al punto de encuentro, Ferrer ya estaba dentro del supermercado.

—¡Chica! —le gritó un hombre a Beatriz. Un hombre viejo, decrépito, oloroso y mal vestido.

—¿Ese es el Presidente? —le pregunté.

—No, es el jefe proscrito de las Fuerzas Espaciales Británicas. Tiene mirada de rayos láser, no lo veas —contestó y se tapó la cara.

Entramos al supermercado sabiendo que, en la extensión del local, Ferrer iba a ser claramente visible. Entre los estantes de fideos secos y salsas enlatadas, la vimos.

—Pachuli...oh, Pachuli y Palo Santo —dijo Ferrer al vernos.

—¿Qué? —preguntó Beatriz.

—Pachuli y Palo Santo, me dijo que compre Pachuli y Palo Santo, pero acá no consigo. ¿Habrá en Kansas Bloc? —prosiguió.

—Kansas Bloc es un prostíbulo. ¿Vos no venís de ahí? —respondió Beatriz.

—Pachuli y Palo Santo —repitió Ferrer.

—Tengo hambre —dijo Beatriz y nos dirigimos a los productos para calentar en el microondas.

Compramos cuatro packs de cerveza barata, cinco pizzas precalentadas y una bolsita de pegamento. El cajero nos advirtió que el pegamento era para calzados.

—Es lo mismo, amigo —respondió Ferrer.

Y salimos riendo del supermercado, creyendo que

SUPERMARKET

les habíamos tomado el pelo a todos.

En casa, no supimos prender el microondas. Ferrer había empezado con el LSD para continuar con la heroína. Beatriz con su marihuana orinada de los Reptiles y las anfetas para caballos. Yo traté de mantener un régimen de alcohol y heroína. La inyectaba a Ferrer, ella me inyectaba a mí ante la mirada tendenciosa y celosa de Beatriz.

—Deberíamos probar con Prozac. Una mezcla de Hero y Prozac. —dijo Ferrer.

No era mala idea, pero en la farmacia nos prohibieron la entrada después de hacer un escándalo por no darnos las anfetas que pedíamos. La conseguimos por izquierda, unos bolches de Patagones que se hacían pasar por Indios del Medio Oeste. Amaban las películas Western y trabajaban en las penumbras de las bioquímicas. Gente inteligente, pasada de rosca, viajeros en una lucha por tierras y guerrilla. Pero ellos con categórica estima, nos dieron las anfetas a precio regulado por las farmacias. Porque a la hora de contar billetes, todo el mundo siempre quiere contar muchos. Y nosotros le dábamos los billetes a veces manchados con heces, otras con olor a pescado muerto, otras con sangre. Nos limpiamos la sangre de los pinchazos con billetes. Eso la excita a Beatriz.

—Mi padre se masturba con botellas de vino —contó la rubia.

—¿Se masturba o se las mete por el culo? —contestó Ferrer siguiendo la línea de conversación.

—¿Acaso no es lo mismo? —aclaró Beatriz.

No iba a recurrir a la violencia doméstica con tanta vehemencia si apenas comprendía lo que estaba sucediendo. Beatriz rodaba en el piso.

—Soy una cápsula especial —decía.

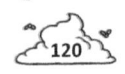

Ferrer comenzó su viaje de striptease sosteniendo la bolsa con el gato muerto.

—Siempre soñé con ser Lady Diana —comentaba Ferrer en su lisérgico baile.

—Yo soñaba con manejar un jeep y atropellar enanos.

Mi sueño no cayó en gracia para ninguna de las dos.

—Estás obsesionado con los enanos —dijo Beatriz, riendo.

—Los enanos son seres extraterrestres —confesé. Y era mi verdad.

Hace varios años, en la secundaria (que no terminé) pude ver durante una expedición por el campo junto con mis compañeros de clase, bajar de una nave espacial a un enano. Era un enano cien por ciento enano. Me llegaba a las rodillas. Uno de mis compañeros le pidió que le hiciera una felatio. El enano extraterrestre dijo que no, que estaba empachado de ser usado como juguete sexual. Eso originó que el profesor de Biología le dijese en chiste o en verdad que podía metérselo en el culo.

—Es tan pequeñito que entraría entre mis nalgas —dijo. Él también estaba colocado con pasta negra.

A un compañero le decíamos Churchill, pero en realidad se parecía al cantante de Dead Kennedys. Repetía constantemente que se acostaba los miércoles y jueves con Marilyn.

Y el enano se metió en el culo del profesor de Biología. Fue una experiencia que duró un par de horas. Al otro día, por la mañana, encontraron el cuerpo muerto del profesor con marcas de violación y ultraje anal. No supimos verdaderamente quién podría haber sido capaz de meterse en su culo. En base a nuestra experiencia legítima, le dijimos a la directora del colegio que había sido un extraterrestre.

Unos meses más tarde, la esposa del profesor salió en los diarios locales confesando que el profesor era adicto. ¡Otro Yonqui más!

«Zu betrunken zum Ficken / Ich bin krank, weich, klebrig und kalt / Zu betrunken zum Ficken»

Y nosotros, dulces pequeñuelos adolescentes, comenzamos a creer y afirmar que los extraterrestres estaban en todas partes, incluido en los culos de profesores de secundaria.

Estuve a punto de reírme sin gracia del recuerdo, pero fue Ferrer la que nos convocó a los tres a la habitación.

—No hagamos el amor, él nos lo hará —dijo. Y nos sentamos desnudos a fumar marihuana, esperando lo que Ferrer asumía como "Pachuli y Palo Santo". Quise indagar un poco sobre "Pachuli y Palo Santo", pero Ferrer a duras penas pudo contestar, agotada de esperar.

—Quizá me he equivocado. ¿Lavanda? —nos preguntó.

Sin obtener respuestas, empezó a caminar gritando por toda la casa.

—¡Lavanda, Pachuli, Palo Santo!

Con Beatriz nos preguntamos si Ferrer estaba en sus cabales. Ambos dijimos que no al unísono.

—¡Lavanda, Pachuli, Palo Santo!

—¿Querés un poco de cerveza, Ferri? —le dijo Beatriz para tranquilizarla.

—¡Lavanda, Pachuli, Palo Santo! —repitió ella.

—Yo sí quiero —dije. Pero Beatriz fue al baño, prendió la ducha y, con un palo de escoba, comenzó a correr a Ferrer.

—¡Me tenés harta, me tenés harta! —le gritaba Beatriz a nuestra poderosa amante voladora. Al cabo de unos minutos se dieron cuenta del espectáculo que estaban entregándome. Cruzaron una mirada y Beatriz dijo—: ¡Lavanda, Pachuli y Palo Santo!

Así fue como, a coro, los tres fusionamos nuestras

voces en un solo grito.
Sin explicaciones.
Desnudos y de rodillas frente al televisor donde, en un programa de entretenimiento, una mujer obesa comía heces de un perro vivo a cambio de un terreno en las afueras de la ciudad capital.

En horas de la madrugada, Beatriz exaltada pretendía cocinar al gato muerto.
—Es carne...—dijo, excusándose.
Era evidente el bajón que nuestros cuerpos y mentes estaban padeciendo. El hambre no era simplemente hambre, no era una necesidad de comer, era, increíblemente, la necesidad de comprender de qué estábamos hechos nosotros y el gato muerto. Comerlo saciaría nuestra inquietud. Era eso o lo pensé de tal modo que, uniéndome al existencialismo vintage de Beatriz, abrimos la bolsa donde estaba el gato. Y para nuestra sorpresa...

Fuimos con martillo, cuchillos, tenedores y piedras al supermercado. Y allí, en la madrugada, antes de la salida del sol, vimos a un grupo de hippies, punks, góticos, comunistas y pastores evangélicos hacer vigilia en la puerta del supermercado
—¿Qué está pasando? —nos preguntamos y preguntamos.
—No lo sabemos. El guardia de seguridad del supermercado escapó de su horario de trabajo con lágrimas en los ojos, dijo algo así como: "Ustedes, pecadores, hijos de puta, van a morir".
Claramente algo estaba pasando, y no éramos bien recibidos en la fiesta. Los Azules ya se agolpaban junto al grupo variopinto.
—Salgan de acá, vuelvan a sus esquinas, loquitos —

dijo el oficial.

—¿Loquitos? —repitió furiosa Beatriz.

—Si, lo-qui-tos —respondió con dureza el oficial.

—Antes de que empiecen a pelear, me gustaría saber qué está pasando… —añadí con una sonrisa.

—Hay algo adentro. No sé qué es, pero toda esta mugre vino a ver qué es lo que hay ahí. Yo, la verdad, me iría a mi departamento a masturbarme con las fotos de mi nietita Antonia —agregó el oficial.

—Cómo puede decir eso. ¡Usted está loco! —intervino Ferrer. —Usted no se vio la barriga gorda y fofa, seguro tiene el pene pequeñito. ¿Puede ver su pene?

—Es una malnacida. ¡A mi nieta nunca le haría daño!

Fue un momento de confusión, la verdad creo que el oficial azul tenía sus razones para enojarse con Beatriz y con Ferrer. Es que ellas son justicieras, heroínas de la heroína y estaban lo suficientemente colocadas como para confundir "Masturbación" y "Nieta" con "Latas de Tomate". Sí, "Latas de tomate". Lo que el oficial en principio quiso decir es que adentro había un profeta roñoso, un hippie o un sacerdote pobre que con arbitrariedad puso el grito en el cielo y comenzó a establecer su "Nueva Iglesia" en el supermercado.

—Ingresó durante la madrugada. Era portador de una llave. Creemos que es un exempleado. ¿Su nombre? Esa persona si es propietaria de un nombre, no lo sé. Es probable…es probable…entró sin forzar la cerradura, no sonaron las alarmas. Nos enteramos mientras con el resto de los oficiales veíamos que tan pura era la coca de Los Sala. Una bandita nueva que recorre los barrios vendiendo "Harinita Rosa", así le dicen. Era buena, frutilla. La saborizaron con frutilla y avellanas. Podríamos decirle al mundo que "Harinita Rosa" es un postre, no una droga. Está de acuerdo conmigo, señor… ¿cómo se llama, señor? Su nombre no me interesa, dígame su apellido. ¿No lo recuerda? ¿Usted también es hippie o es un yuppy? ¿Esas dos mujeres son sus hermanas? El caso en cuestión es que el exempleado entró al supermercado sin forzar la puerta, no sonaron las alarmas. Nos enteramos porque se agrupó una congregación. Sí, toda esa gente que está viendo. Algunos llevan carteles. Observe: "GOTT IST NICHT ERLOSCHEN" . ¿Pueden creerlo? Hablan del Santo Padre. Dicen que hay algo ahí en el supermercado que le pertenece o que tiene algo que ver. No lo sé. Pero acá estamos, esperando que ese hijo de puta del exempleado se anime a salir del supermercado así lo cosemos a tiros.

Me quedó claro que el oficial no estaba a gusto con su trabajo. Ningún oficial puede estar a gusto si después de probar la Harina Rosa son capaces de llevar a cabo el brazo duro de la ley. Y a ese oficial le duraba el entusiasmo en la nariz.

—¿Le pica? —le señalé la nariz. Le quedo un poco...

Llevé mi dedo hasta su fosa nasal derecha, sacándole el polvo y algo de mucosidad. Abrí la boca lentamente, saqué la lengua y probé el producto de Los Sala.

—¿A cuánto el gramo? —pregunté después de probar.

—No lo sé, no lo sé —respondió.

—Queremos entrar, ¿podemos? —preguntó Ferrer.

El oficial titubeó.

—Si me dejas ver una teta o las dos.

Ferrer a la hora de negociar no tiene ningún problema, siempre gana. Ella es el casino, el hotel, el botones, el colchón y la almohada. Tomó del brazo al oficial y se lo llevó a una parte oscura cerca de la entrada del supermercado.

¡Bang!
¡Bang!
¡Bang!
¡Bang!

¡Bang!
¡Bang!
¡Click!
¡Click!
¡Click!

Ferrer volvió con un chupetín en la boca y una pistola en sus manos.
—¿Qué pasó?
—No sé. Se sacó el pantalón y... (Ferrer observa hacia los lados unos segundos) ...se disparó sola (Señala el arma).

Beatriz recordó a su padre y la mañana en la que antes de ir a la escuela vio las ventanas de su casa rotas y las paredes llenas de granos sin pus. En el piso del comedor, su padre intentaba sacarse una bala del muslo junto con Pintos, uno de sus tíos, que ayudaba a su padre metiendo el dedo en la herida de bala.

—Hijita. Se me disparó sola —dijo el padre.

Con el guardapolvo puesto, salió de su casa y vio a cinco hombres tirados en el patio delantero, muertos. Y pensó, porque Ferrer goza de gran inteligencia. "Se les disparó sola".

Al llegar a la escuela, le contó a su mejor amiga que hay días malos y días buenos, y que los días buenos son cuando su padre no muere porque su arma se le dispara sola. Su amiga, Anette, hija de un corresponsal de Guerra en Vietnam, contestó con orgullo y clamor—: Eso dice Papá cuando coloca su pitito en la boca de mi primo Emilio. "Uy, perdón por el disparo". Y ellos ríen. ¿Tu papá también se reía?

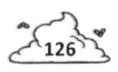

Hermosa coincidencia, pero Beatriz supo en la escuela y en la entrada del supermercado que una persona con dos dedos de frente debía responsabilizarse de la humanidad de sus armas. "Ellas actúan solas, tienen vida propia. Disparan cuando quieren" pensó y le dijo a Ferrer—: Hay que llevar la pistola al manicomio. Está descontrolada. ¿Quizá tenga un brote psicótico? ¿Cómo la ves vos?

Ferrer puso el cañón de la pistola en su oído derecho.

—Click...—respondió el arma al gatillar.

—Creo que necesita terapia —asentí.

—Podría hablar con Zimmerman. Es el doctor de cabecera del Gerente General de Entretenimientos Pornográficos de la Presidencia de la Nación. Mi padre aún continúa solucionando sus culpas con él —ayudó Beatriz.

La turba comenzó a atribuir que el exempleado del supermercado iba a quedarse más tiempo de lo especulado. Eso originó que los punks conversaran furtivamente con los hippies, que los hippies ofrecieran su cuerpo a los pastores y que los punks quisieran absolver sus pecados a base de tirarle piedras a los kioscos de revistas. Todo eso en un par de minutos derivó en una batalla campal. Pelearon con uñas y dientes, clavos y conchas. En la pelea una punk junior le mordió la oreja a una hippie. La hippie le pegó una patada en la entrepierna. La punk rio. Y le pegó una patada en el vientre. Un pastor evangelista le metió los dedos en la boca a un punk que le mordió los dedos, dejándolo con tres dedos de cinco en la mano izquierda. La sangre se derramó de tal forma que los gritos y sollozos nos obligaron a ocultarnos detrás de un Peugeot. El Azul quiso intervenir.

Entre palos, piedras, trompadas y patadas, un Azul cayó herido y otros cinco murieron en manos de los punk e hippies que se unieron en su lucha para minutos después continuar peleando entre ellos. Una hippie gritó—: Ich möchte von Nannis träumen . —Nannis es una marca de ropa que tiene como logo principal a un castor. El castor Nannis puede resultar enternecedor y a la vez estremecedor cuando se cuenta la leyenda de su nacimiento en las afueras de la ciudad capital. Al parecer, el castor forma parte de una serie de ingeniosos experimentos donde a un niño de descendencia africana se le injerta partes de animales. En este caso en particular, partes de un castor. Los hippies utilizan el término: "Soñar con Nannis" como anzuelo cazabobos para ofrecer servicios de índole sexual a cambio de LSD o Hachís. Depende de lo que uno tenga en el bolsillo.

—Nannis Um 3 Uhr —respondió una Pastora Anglicana de las Américas Unidas de Valle Chico.

Un arreglo precioso transformó la guerra en la paz. Paz que no reinó en ningún momento, ya que la batalla seguía su curso. Volaron dientes, ojos, zapatos, camisas, pantalones y medias.

Nannis estaría satisfecho si supiera que su nombre fue la batería necesaria para que la hippie encontrara el amor. Beatriz en su crudeza me advirtió que—: Se derrama sangre culpable. No hay absolución.

—Existencialista y pendenciera —tomó la palabra Ferrer. Le apuntó con la pistola a Beatriz.

¡Click!

Beatriz, a modo de venganza, le sacó la pistola de la mano y apuntó hacia un punk adolescente que esperaba que, en el roce de la pelea, alguna mujer lo tocara más de lo que lo tocaban en sus sueños las modelos de la revista Carrière-Magazin. Una revista de poca monta, de ediciones de bajo costo, con papel de diario, cincuenta y cinco páginas de relatos de porno soft escritos por modelos Austrohúngaras de ropa interior.

Y el disparo lo alcanzó en la cabeza.

Beatriz me observó extrañada, no podía haber ocurrido.

Pero ocurrió tal como lo describieron los punks una

vez que pisaron el cuerpo muerto del adolescente.

En la descripción general dijeron que por cuestiones de privacidad y de intimidad del difunto, la noticia no se iba a mediatizar. Así sucedió, no se mediatizó y Beatriz vio como los hippies en un ritual Bananero, pusieron un manto de piedad hacia el jovencito y fumaron la pipa junto con los punks y los policías. Duró lo que dura un suspiro en el baño público después de una felatio de una prostituta japonesa. Volvieron a pelear, está vez sobre el cuerpo del adolescente. El adolescente punk fue hallado al año siguiente crucificado en una Iglesia Baptista Punk. Lo adoraban al Sacrificado. Del disparo nunca se habló, ni se comentó ni nadie le dio las gracias, sobre todo los de la Iglesia Baptista Punk que recaudaron fondos con el Crucificado. A precio módico uno podía observar el cuerpo del adolescente al que con manos especializadas le colocaron un alambre que lo mostraba con una erección de aproximadamente ocho centímetros.

Beatriz tiró la pistola en el Peugeot y gritó a viva voz—: ¡Lang lebe die Revolution! —En otras palabras, Beatriz no diferenciaba la batalla con una película francesa de la Belle Époque.

Entre el humo de los cigarrillos, los jadeos, gemidos, sollozos, espasmos, dramáticos llantos y exagerados testimonios de violencia suicida. La batalla del grupo variopinto terminó por falta de preparación para un final feliz. Los hippies llevaron a sus muertos, los punks a los suyos, la policía a sus camaradas y los pastores al adolescente punk. Al dejar la entrada del supermercado vacío, tuve la confianza suficiente para dar un paso hacia adelante.

Al dar ese paso, me sentí mareado, vomitando y con diarrea en un calabozo de la Policía Federal. ¿Estuve allí?

—Te vimos entrar y nos pediste si por favor podías

pasar. Dijimos que sí —me contó el oficial que aparentaba estar muerto en un principio.

—¿Y Beatriz, y Ferrer? —pregunté azorado.

—Fueron al supermercado. Esperaron a que abrieran las puertas, entre las nueve y diez de la mañana. Van a traerte algo de comer y un nuevo balde para tu mierda. En la poli estamos cortos de verdes y amarillos.

No quise preguntar qué hacía en el calabozo con la ropa de Nannis.

—Usarán tu mierda para hacer hamburguesas en EAW (Abreviatura de Erfüllung aller Wünsche), Empresa de Hamburguesería Regional de la Cámara Federal de Presidiarios y Escuelas Primarias.

—Son locos, ¡mi mierda solo es consumible para uso doméstico! —dije y me conquistó en la boca un sabor amargo y muy condimentado.

—Ya sabés, son sabrosas con kétchup.

Y me observé las manos sosteniendo una "Especial del Día".

Beatriz me abrió los ojos.

—Estabas sudando —dijo.

—Necesito sacarme está ropa de Nannis y pedir que me devuelvan las monedas. Y pongan en mi cuenta lo ganado en la semana por brindar mis servicios a EAW.

Ferrer me dio un beso en la frente. Beatriz saltaba de un lado a otro del sillón.

—El existencialismo vintage la tiene ansiosa, cree saber algo que nosotros no. Aunque yo sí sé. ¿Te acordás de Palo Santo?

—¿Palo Santo? —pregunté.

—Lo vimos en el supermercado —contestó. —Sabemos dónde está.

—Necesito una cuchara —le respondí.

Con la cabeza echada atrás, la somnolencia activa y el

sabor a verdulería en la boca, lo único que esperaba del día era que siguiera siendo de noche. O una noche más larga, tan larga como una procesión de chinos.

—En las Naciones Unidas, mi padre obtuvo un galardón al mejor actor de reparto. Bin Laden le dio el premio junto a Margaret Thatcher. Yo estuve ahí. Viajé en avión privado. Canté una canción que no recuerdo. Era una jovencita brillante. Mi padre estaba dispuesto a venderme, pero no me vendió porque supo que no alcanzarían las monedas para pagarme. Bin Laden asistió a la gala vestido de granjero, también estaba la Reina Isabel. Ella era la reina con bigotes. El Presidente de la Nación de Mundo Banana me dio un beso en la mano, quiso provocarme risa, quiso enamorarme en el baño. El orgasmo más corto del mundo y no lo vi ni supe que estaba allí. Mi padre aborreció la comida. Pescado crudo con pan lactal.

—¿Comiste pan con pescado lactal? —Beatriz no paraba de hablar.

—Estuvimos cuatro noches y dieciséis días en el Hotel Sheraton Hotel. Cinco divisiones uniformadas de guardias de seguridad cuidaban las puertas de hierro. Mi padre discutió con el Presidente de Turquía. La Mampostería o "El Ruiseñor y La Rosa" —era el nombre de pila de la droga, y no era vendida a precio verde. Todo lo que mi padre quería era que se vendiera en verdes. Pero el Presidente de Turquía le exigió que se comportara, que no hiciera berrinche en la mesa. A un amigo de mi padre, el Subsecretario de Químicos y Harina le dispararon en los genitales. Lo dejaron eunuco.

—Ahí tenés tu cambio —le dijo el Presidente de Turquía con una Pistola Rayman 239. Una de esas pistolas que se utilizan diariamente en la cárcel, de fabricación casera. Yo estaba allí, mirando todo y al mismo tiempo sin ver nada, tenía los ojos tapados, mi madre lloraba en una esquina mientras los guardias de seguridad le pegaban patadas en los muslos. Se divertían con ella y yo quería divertirme. En función de unas mejores vacaciones en Las Naciones Unidas, mi padre tuvo que regalar su galardón a un ex jugador de Básquetbol. Lo llamaban "El Centauro Paracaidista", su nombre era un misterio. Mi madre en el regreso en el avión me explicó que hay personas de las que es recomendable no saber nunca el nombre. ¿Y quién soy yo?, mi nombre puede llegar a ser una incógnita si lo supieran. Si, ustedes dos, no saben mi nombre real. Yo fui secuestrada por Las Dos Dimensiones Parlamas, un equipo de natación masculino con pretensiones tecnológicas del Gobierno Nacional. Ellos me entubaron la vagina y nadaban sobre ella. Nadaban sobre mi vagina. ¿Ves…Ves? (Beatriz se abre los pliegues de la vagina). Nadaban aquí y allá. Eran pequeñitos. Los habían reducido a tres centímetros a cada uno de los nadadores. No sentí nada. Me volví monja a los dieciséis, pero nunca pisé una iglesia y reconozco que los sacerdotes que iban a mi casa a conversar con mi padre eran todos yonquis. Yonquis, drogadictos, sexópatas, cocainómanos y le pagaban con los verdes del diezmo. "Verdes que quiero verdes" decía mi padre enchufado a la radio barrial. Un poeta sin nombre, porque no hay poetas con nombre y mi padre quería ser poeta. "Verdes que quiero verdes", repetía sin llegar a formular una oración que valiera la pena. Escribió cien veces "Te amo" a mi madre en el cuerpo de un Picapiedra, en un bar. Lo multaron por degenerado. El Picapiedra estaba desnudo. ¡Y yo me reía!

—Estoy a punto de cacarear —comentó Ferrer, cansada de escuchar a Beatriz.

—Es que no entienden…mi padre ganó mejor actor de reparto en la película muda del Gobierno de la Nación.

Una película que tendrían que haberla visto. Era mudo, blanco y negro y con gente tirándose pedos. Hablaban tirándose pedos. Mi padre era calvo, después no. Se tiraban pedos y una mujer en un recuadro traducía los pedos en palabras mudas. Le hablaban a los mudos, nadie pensaba en los sordos y menos que menos en los ciegos. Nadie piensa en los ciegos. ¿Vos pensás en los ciegos? Yo también pienso que deberían morir exiliados en el Mundo Playa, en el Nodo 86. Ahí donde se atribuyen a los condenados una maravillosa aversión a la pimienta. —se atragantó con el humo del cigarrillo y detuvo su monólogo.

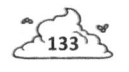

Con la cabeza echada atrás, ni siquiera quise mirarla cuando Ferrer le contó su idea y su creación sobre "Palo Santo". Al parecer, Ferrer escuchó en las noticias de la mañana que un morocho y su madre descubrieron, en los restos de un arroz frito, la cara de un Dios de Soborna. Beatriz debilitada por la noción de entender qué bicho le picó a Ferrer y el "Palo Santo", escuchó atentamente cómo se despachaba diciendo que en ese arroz frito estaba el Palo Santo mostrándose. Que era un mensaje, una guía y que ella comprendía que esa guía era para ella. El Profeta del Supermercado, fue su título y su ponencia. Ferrer habló—: El Profeta del Supermercado nos espera allí. Ha recibido el mensaje. Nosotros iremos hasta allí, hablaremos con él. Él nos guiará y lo mataremos al finalizar la charla. El Profeta ignorará su muerte porque habrá vida en ella. Una vida que solo nosotros tres podemos conquistar, porque el mensaje está allí. Palo Santo. Palo Santo es su nombre encarnado. O Miguel o Luis o Kevin Kloster, su mensaje está dirigido a nosotros tres. Yo lo escuché en mi cabeza, mi mente estuvo con él, bailamos la conga y comimos sándwich de osito de peluche. Ese osito de peluche con el que mi madre me convenció para vender mi cuerpo a los compañeros de trabajo de un tío. Vendí mi cuerpo por un osito de peluche que se transformó en sándwich y lo comí obedeciendo al mensaje de Palo Santo. Él nos espera. Su nacimiento será conforme a que ya ha nacido. Palo Santo, irritado y herido, lleva una cruz a cuesta. Es el Profeta que le ha sacado la cruz y se la ha impuesto a sí mismo. Es el Profeta un héroe. Creo que tiene poderes mágicos el Profeta. Nos hablará de Pornografía infantil, de Virus mastodónticos, de Experimentación alimenticia, de Mafias de Adrenocromo. Nos hablará que Dios es plano como la Tierra y la Tierra es Plana como nuestros cerebros y nuestro entorno. Nos hablará que seremos millones y millones los salvados. Subiremos al cielo y bajaremos al cielo. Himmel-Himmel.

Una cachetada bastó para que Beatriz recelosa callará a Ferrer.

—Nos olvidamos comprar cinta escocesa —dijo Beatriz, recordando y asintiendo que era obra y gracia del Profeta o no, volver al supermercado. —No iremos por él —añadió, siendo explícita con Ferrer que cambiando su postura en el sillón esperaba ser abrazada por Beatriz. Ferrer con los brazos abiertos y su sudor acre, no contuvo la emoción de haber escuchado a su amiga-amante decirle lo que quería escuchar.

—Tenemos que ir al supermercado a ver al profeta para que cure el alma de nuestra jovencita carismática —eso escuchó Ferrer. Y verdad o no, Ferrer requería un tratamiento urgente para curar su alma prostibularia. Ella quería obedecer los cánones religiosos que obedecía Beatriz. Se admiraban mutuamente. No sé si hoy se admiran, pero se deben explicaciones al respecto. Beatriz se levantó del sillón y se puso la pollera (sin bragas abajo) y seducida por la ingesta de "Barro Fluorescente"; ese era el nombre de las Anfetas que consiguieron por parte del Oficial de Policía en la madrugada de hace cuatro o diez semanas. Éramos retoños usados como ratas de laboratorio. Y en el laboratorio de nuestra mente...

—Vamos al supermercado —me dijo Ferrer, despertándome del ensueño y la somnolencia.

—No ahora, no ahora, mamá —le respondí.

Ferrer se emocionó, lo vi en su rostro cuando la observé. Fue un grave, grave, gravísimo error de mi parte.

—¿Te la chupo? ¿Se la chupamos? —invitó Ferrer a Beatriz.

Y fue un regalo del que no me pude negar. Me la chuparon y escupiendo en el piso mi semen, las chicas tuvieron su premio y, debajo del sillón, vieron cinco verdes y cuatro monedas de cien.

—Es el mensaje...—dijo Ferrer, obnubilada por los billetes de alto valor en el mercado. —Somos casi millonarios —añadió.

—Mucha risa y confite—contestó Beatriz. Ella necesitaba drogarse otra vez. El sexo le generaba tremendas ganas de drogarse.

—Llamen a Kaluchi. Ayer me dijo que...—no pude recordar, mi memoria en el último tiempo, quizá en los últimos veinte años, no sirve para nada más que para flashes y espasmos de una vida anterior a esta.

Llamaron a Kaluchi cerca del mediodía o del atardecer. El sol salía y volvía a salir, nunca dormía, como nosotros. Y Kaluchi no era un dormilón. Con sus cadenas de oro y su motocicleta italiana, con alguno de sus hijos en la parte de atrás de la motocicleta y los diez, quince, veinte o cuarenta gramos de la droga requerida, Kaluchi nos llevó a comprobar a los tres que éramos testigos de un cambio en él.

—Me estoy convirtiendo, trasmutando —dijo Kaluchi en tono zen.

—¿Está sucediendo en este mismo momento? —

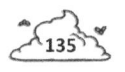

preguntó Ferrer.

—Es que...La Pasta Negra penetró mi cerebro y el de mis hijos —contestó. —Y en la Pasta Negra vi un horizonte, un maestro que agarró a mis hijos y los bautizó.

Los hijos de Kaluchi eran cinco, tres nenas y dos nenes de una edad promedio a los diez años. Hijos con distintas mujeres. Mujeres que por cuestiones que no vienen al caso, fallecieron a los meses de engendrar a los hijos de Kaluchi. Todas con un tiro en la cabeza. Algunas mujeres eran hijas, otras sobrinas y una menor de edad. Kaluchi las buscaba en un glosario de "Familiares de Azules". Quizá eran los Azules quienes en modo de venganza mataban a sus parientas parturientas. Kaluchi evitaba contar su vida privada a sus clientes, pero nosotros tres lo conocíamos bien.

—¿La Pasta Negra viene en Combo o hay alguna promoción especial? —preguntó Beatriz.

—No me corresponden los designios...a precio de cuarto, tres gramos más —respondió el buen Dealer, volviendo a ser el Dealer que comerciaba con nuestras mentes.

—¡Tenemos cinco verdes! —abrió efusivamente la boca Ferrer. —Fueron los designios... —repitió sin comprender el significado de la palabra, pero, al salir de su boca, sonaba bien.

—Cinco verdes los tres gramos más un Pack de "Pantera Rosa", a veces la llaman "Harina Rosa" o "Postre" —contestó con malicia. Nos estaba cobrando un precio anormal para lo que nos ofrecía para consumir.

Ferrer le entregó los billetes.

—Nos quedan las monedas... —pensó en voz alta Beatriz. —Las monedas son para volver al supermercado, no te creas Kalu que vamos a darte todo lo que tenemos —. Y así salimos ilesos de perder los pocos billetes del día.

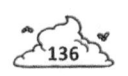

Nuevamente en el sillón, volvimos a drogarnos poniéndonos tiesos como hielo por "La Pantera Rosa". Nos fundimos en un gran océano de erotismo y violencia. Nos mordimos la piel hasta sangrar. Y nos curamos las heridas con baba hedionda. ¿De qué estaba hecha la Pantera?

No quisimos preguntar ni supimos como preguntarnos si realmente Kaluchi nos había vendido la droga que dijo que era o era otra estafa más.

Vintage, emocional y paranoica, Beatriz confesó haber olfateado en las axilas de Kaluchi una vibración. Una vibración que para su existencia significaba: "Muerte prematura por sobredosis".

—¡Y es que al final todos vamos a morir, Beatriz!

Y fue Beatriz quien en posición fetal le reclamó a Ferrer que tuviera piedad si ella muere, que no vendan su cuerpo, que la conserven en una heladera o la lleven a una carnicería y les entreguen su carne amoratada a los niños pobres de las iglesias cristianas. Era su existencialismo, la excelencia de su bondad.

Estaba empezando a creer que ellas dos veían un mundo más allá del propio cotidiano de la droga, el sexo y la televisión satelital. Buscaba en mi mente una idea satisfactoria que me pudiera demostrar que Beatriz y Ferrer no estaban conspirando en realidad contra mí. Tuve miedo, tuve tanto miedo que comencé a sudar. Y el sudor me llegó al extremo de creer que me congelaba. Una vuelta y media en una ruleta, dos vueltas en cinco mil grados Celsius. Nada era comprensible más que la experiencia de estar siendo usado, humillado y expuesto por mis novias, amantes, amigas, mis seductoras sucias y perdidas.

—No voy a ir a la cárcel. ¡No! —me desperté de un salto.

Ferrer jugaba a adivinar los centímetros de profundidad

anal en las estrellas de Hollywood.

—Michael Keaton puede llegar a tener una profundidad de quince centímetros, considerando que...—decía para sí misma.

—¿A veces será la otra vida una vía de escape...o será la otra vida el final definitivo de la vida? —atestada de pensamientos, abatida, Beatriz erosionaba en una calle sin retorno.

—¡Ustedes traicionaron mi confianza! —les grité.

—Ya nos estamos volviendo viejas...—acotó Beatriz—. La confianza...

—Podría meter la mano entera entre las nalgas de Angelina Jolie —comentó Ferrer.

—Es una oportunidad...morir es una oportunidad. Una crisis total de la existencia.

—¡Qué existencial! —escuchamos los tres al unísono la voz proveniente del Modista de "Sternchen und Bananen", un programa de chimentos sobre el Espectáculo Nacional e Internacional.

La televisión nos hablaba. O le hablaba a Beatriz.

—Somos la materia errante en un universo inventado sin ganas de coger.

—Lo que nos dice que en Panamá y Entre Ríos, Tanz der geister fue extorsionado a tomar una decisión crucial para su música. ¿Es cierto que su música es proporcional a los excesos de la humanidad?, ¿es una mirada siniestra de la popularidad y del ser popular? —El Modista de chimentos no exageraba. O eso creía Beatriz y fue allí donde Ferrer enmudeció.

Y al enmudecer Ferrer, al quedar frunciendo el ceño y de brazos cruzados, molesta, Beatriz entendió su historia egoísta. O puede ser que yo haya estado egoísta al pretender que me dieran un poco más de Pantera. Si me iban a matar, sería con una dosis de Pantera.

Quedé encerrado en el baño. Bichos, muchos bichos por todos lados volaban a mi alrededor.

—Es el efecto secundario —gritó detrás de la puerta Beatriz.

—Ustedes, fueron ustedes dos, ¡malnacidas! —respondí en mi desesperación asfixiante.

Los bichos volaban y volaban a mi alrededor y por más que quisiera matarlos, eran invencibles.

Pero fue allí, en el preciso instante donde por mi mente en pánico entró la única plegaria que había aprendido hasta el momento.

—¡Pachuli, Lavanda, Palo Santo. Palo Santo, Pachuli, Lavanda, Lavanda, Pachuli, Palo Santo!

Y por arte de magia, los bichos desaparecieron.

Al salir del baño, agotado y estupefacto por el milagro, me arrodillé ante Ferrer que estaba en el sillón cortándose las uñas.

—Me salvó. Palo Santo... —le dije.

—¿Te salvó? —preguntó, sin prestarme atención.

—Pachuli, Palo Santo... —contesté.

Beatriz metía en el microondas unas papas fritas congeladas condimentadas con café y nueces.

—Mi padre se las hacía hacer al cocinero de la Presidencia. Fue después de la Segunda Guerra Mundial y el Torneo de Paddle Senior donde mi padre en una casa de campo de otro presidente...quizá de Colombia o Paraguay o Italia, conoció la receta.

Beatriz siempre hablaba para sí, los recuerdos de esa vida la reconfortaban o simplemente le parecían memorables y que todos deberíamos conocerlos. No estoy seguro si Beatriz decía aquello de su padre para defenderlo o culparlo por los años de violencia, maltrato y narcotráfico necroso, donde la muerte era un haz de luz para Beatriz y su madre.

—Era un haz de luz para mí y mi madre —dijo

alguna vez, sobria —Ella me contaba que mi padre era Presidente para qué pensara que éramos importantes en el país y en el mundo.

Beatriz puso el microondas para que calentará la comida en cuatro horas y dieciséis minutos, tiempo suficiente para continuar viendo un programa de una diva travesti en el Canal De la bola roja.

—Lo lamento...—dijo Beatriz cuando vio arder el microondas.

—¡Pachuli, Lavanda, Palo Santo! —repetía una y otra vez Ferrer, asustada por el fuego.

—Lo lamento. Es un problema que sobrepasa mis capacidades. A veces una quiere y quiere querer y no puede poder. Es una enseñanza para mí, para ustedes, para la sociedad entera que pretende cocinar...

—¡Cállate estúpida y reza conmigo! —le dijo Ferrer, y juntas repitieron cien veces o más—: Pachuli, Lavanda Palo Santo.

Pero el fuego se hizo inmenso y por un segundo creí estar en el infierno.

—¡Las drogas, donde están las drogas! —les grité a ambas.

—Pachuli, Lavanda, Palo Santo —solo eso supieron responder.

Y la casa que ocupábamos ilegalmente, que durante años estuvo abandonada y fue rescatada por nuestro vicio, ardió por completo. Las pocas cosas que teníamos explotaron o se derritieron. Las pocas cosas que teníamos (incluyendo la droga) se hicieron cenizas.

Los bomberos nunca aparecieron en el barrio. La casa ardió y ardió hasta que nada quedó.

En ropa interior, Beatriz cargaba la bolsa con el gato muerto putrefacto.

Ferrer en el corpiño y las bragas llevaba chupetines.

Y yo...

Y yo necesitaba creer en las palabras de Ferrer.
—Estábamos en el infierno. Fuimos salvados.
Ferrer no parecía intoxicada de caballo ni de Pantera ni de Harina. Sus ojos brillaban estoicos y expectantes.
—Fuimos salvados. ¡Dios nos ama!
Beatriz se echó a llorar en la vereda. En posición fetal, se dejó poseer por la niña de infancia infame y, siguiendo la teoría de Ferrer, su llanto desconsolado mutó a un enorme: "Gracias, Gracias Palo Santo, Gracias Lavandina".

Unas horas de luto reviviendo y viendo el humo y el fuego quemándolo todo sirvieron para limpiarnos mentalmente. Ya habíamos corrido, ya habíamos gritado, ya habíamos pataleado, rezado, ofendido y agradecido a la vida, al tiempo, al espacio, a los enanos pornográficos y a las caricias de soledad abrumadora. Estábamos juntos. Vivíamos juntos. Nuestra vida se limitó a darle la razón a Beatriz que dijo sollozando—: Por desgracia, somos lo único que tenemos.

Fue una apertura nueva de nuestros ojos, de nuestra conciencia, de nuestro paso por el mundo.
—Aún estamos vivos —le dije.
—Pachuli...—respondió Ferrer. —Pachuli.
Nos abrazamos en un abrazo de final feliz.

Nos miramos a los ojos y nos dijimos cosas hermosas—: Pasta Negra, Cuchillo Vietnamita, Pantera, Arbolito, Caca-Pupu, Gloría, Sin sabor, Agua de leche, Pelo de Toro, Novillito, Verde Esmeralda, Cowboy, Disneyland, Homero, Arturo, Kali, Cali, Tierra Mojada, Pececito de colores, Arco del Triunfo, Campeón Mundial.

En la mezcla de drogas y alcohol lejos de nuestra sangre, tuve la noción de ver el horizonte más allá del horizonte. De comprender y saber por estímulos internos y neuróticos que durante temporadas estuvimos en el camino equivocado. Que nuestro amor fue la causa y el efecto de habernos salvado para destruirnos, y destruidos fuimos salvados completamente. Otra oportunidad, una oportunidad de oro. ¿Podíamos seguir viviendo como vivíamos?

En el atardecer hicimos nuestra primera y última procesión juntos.

Caminamos hasta el supermercado.

Entramos sonrientes y avergonzados por estar en ropa interior.

—Yonquis...—dijo el cajero. —Mientras compren, pueden pasar —advirtió —Están las cámaras encendidas. No hagan espectáculo y báñense la próxima.

Fuimos cruzando las góndolas, tratando de sentir el mensaje. Ferrer era la más activa en esto, ella asumía que iba a encontrar al Profeta y que el profeta estaría dispuesto a revelarnos a Palo Santo o Pachuli o Lavanda y que él, ÉL sería quien nos otorgaría los lineamientos para empezar de cero. Sin drogas, sin alcohol... ¿sin sexo ni pornografía?

—¿Eso lo podemos conversar? —le pregunté a Ferrer.

—Solo Él nos dirá —respondió.

—Hemos abusado de nuestras pieles —acotó Beatriz.

Caminamos de un lado a otro del supermercado. Vimos seguirnos a la cámara, vimos a clientes huir de nosotros.

—¿Por qué dejan entrar a estas pestes? —fue a reclamarle una señora de unos cincuenta, extremadamente voluminosa y con anteojos redondos al cajero.

—Ellos compran al igual que usted. Nadie le dice a usted que esta gorda. No se lo diga a ellos.

Escucharlo nos dio el mapa del camino.

Ferrer sintió dentro del pecho el golpe exacto del Profeta.

La voz del cajero habló por el micrófono—: Lo encontrarán en el pasillo siete, entre los atunes, las

arvejas y la salsa de tomate.
—Pachuli —repitió Ferrer.
Y corriendo como salvajes, fuimos al pasillo siete.
Y vimos la luz.
«Wir schauen auf das Licht»

Allí estaba ÉL.
En la segunda fila entre los atunes, las arvejas y la salsa de tomate.
—El Profeta nos ha guiado —dijo Ferrer.
Nos quedamos mirando durante horas, horas y horas su resplandor.
Era increíble que fuera cierto.
—¿Pachuli, sos vos? —No quedaban dudas.
—Nos dio su mensaje, nos guió, no escuchamos su mensaje, nos salvó y acá estamos, contemplándolo. Sobrios y tranquilos. Sobrios y tranquilos.
Y fue Ferrer quien, cayendo al piso, empezó a convulsionar.
Una baba blanca y burbujeante fue saliendo de su boca.
Beatriz chillaba como una posesa.
Y yo estaba allí, contemplándolo. Contemplándolo mientras mis novias, amantes, amigas esperaban otra cosa de Él. Una esperanza más allá de la desesperanza, un destino más allá del destino. Una respuesta más allá de la respuesta imposible a la pregunta imposible.
Admiraba su belleza, concentrado en Él. Admiraba su sencillez. Su manera de mostrarse a nosotros y cómo sería mostrado al mundo.
Ferrer perdió el camino, su avaricia, su condición pecadora.
Beatriz dudaba de su existencia y por esa razón no pudo seguir conmigo.
No tuve otra opción. Y de haber tenido otra opción, lo hubiera hecho igual de la manera en que lo hice.

Miré por última vez a Beatriz.

Miré por última vez a Ferrer.

Beatriz aterrorizada por los movimientos violentos que hacía su amante, su amiga, aterrorizada por la baba burbujeante y el olor a muerte.

Ferrer con los ojos perdidos, la boca sucia, el cuerpo sucio, el alma sucia sin haber obtenido el perdón que deseaba. O quizá fue perdonada, subida a los cielos. Una verdadera hormiga voladora.

Pateé en el muslo derecho a Beatriz.

—Es hora de despedirnos —le dije.

—¿Qué? —preguntó ella con lágrimas.

—Es hora de despedirnos.

—¡Estás loco! —gritó.

—Es la primera vez que me siento cuerdo —respondí.

Y alargando el brazo, tomé a Dios en mis manos.

Ese Dios gallináceo, Bety. Su nombre encarnado era Bety, femenina y con huevos, la gallina más famosa del área metropolitana, sierva y horror friki y bizarro de benedictinos y japoneses.

Y era logos, y era Madre-Padre-Infanta-Infame.

Era logos y caldo enlatado.

Y su nombre súcubo de gracia era Bety.

Observé para la cámara. Saludé a la cámara. El Profeta lo sabría. Siempre estuvo de acuerdo con mi accionar.

Tomé al Dios gallináceo y enlatado en mis manos y quise salir corriendo, escapar con ÉL, pero Beatriz, la Beata Beatriz se interpuso con su Santidad. Y con sus brazos, me agarró las piernas, haciéndome tropezar.

Y al caer...

Todo se nubló.

Y volví a ver la luz.

¿Bety? ¿Eres tú?

FIN

MI PUEBLO QUERIDO

Emanuel Melis

No es mi pueblo un sitio cualquiera,
aquí hiede a bosta por dondequiera.
Corre en el aire como manantial,
un tufo a mierda sensacional.

Hay un prostíbulo, una plaza,
y mucho sexo multi-raza.
Gente buena y desprendida,
y hasta una vieja soreta, malparida.

Se oye el cantar de los gorriones,
y el rechinar de los colchones.
Busca la pájara empollar,
y el pito algún hoyo que abollar.

Una reyerta por la mañana
y a la tarde garche con Mariana.
Pues es su madre muy peculiar,
un día de estos me la voy a culiar.

¿Ahora entendés cuando digo,
que este pueblo es muy querido?
Todo mundo lo conoce,
por su' gloryhole' y su' batido'.

SISTER DOLL

Melisa Rey

No podía dejarla ir.
Tenía que ser suya.
Era la oportunidad que
había estado esperando...

Oriundo del barrio de Los Perales, Quique había crecido muy cerca de los mataderos de Lisandro de la Torre junto a su progenitor y su hermana Hermenegilda. Su padre, Romualdo, había sido un eviscerador habilidoso en la morgue judicial de Puente 12, partido de la Matanza; hasta que, a causa de un descuido en 2012, quedó desafectado de su cargo al ser descubierto in fraganti trabajando en su "segunda changa".

Su exmujer, la argolluda de Esther, se había mandado a mudar (a los tres días de dar a luz a la nena) con un camillero que conoció en el hospital. ¿Qué iba a saber Romualdo sobre cómo criar a dos pibitos con un sueldo mísero y un crédito hipotecario para la casa que la conchuda le había hecho sacar porque no quería vivir en la casilla que había armado en el patio de su abuelo, allá en Ituzaingó? No había forma y, sin embargo, la solución llegó a sus manos de la manera más insólita.

El fiscal Domínguez, que solía presenciar las autopsias cuando se lo requería, se había tomado un año sabático (vaya uno a saber para qué, si apenas laburaba un par de horas al día), y mandaron uno de suplencia, pero nadie sabía cómo se llamaba; parecía un nombre polaco, algo así como Nowak, Kowalski o Wiśniewski. El punto es que, mientras Romualdo se encontraba abriendo cual pan de pancho a un linyera que había cruzado la General Paz sin mirar, notó que el nuevito se removía de un pie a otro y comenzaba a transpirar.

—Ja, sos medio flojito pibe vos, ¿no? —le soltó el veterano, que vaya si entendía que la cosa no era para todo el mundo—. Vos tranqui, en un rato vas a ver que ya ni se siente el olor. Yo hasta me comí un sandwichito de bondiola de la parri de la esquina —dijo, señalando una esquina de la sala.

El petiso, como si del vuelo de un mosquito se tratara, hizo ademán con la mano en clara señal de que no le importaba un cuerno lo que le decía. Mientras tanto, el forense empezaba a bufar porque tenía el cumpleaños de la suegra y, si se le hacía tarde, iba a tener que dormir en el auto una vez más.

—Vamos señores, que nos queremos ir todos a casa. Apoyá eso en la balanza gordo, dale, así nos vamos.

—Hígado engordado con características... —El Dr. Ortolano continuó relatando lo que encontraba en el grabador para más tarde transcribir el informe. Y una vez que hubo terminado, se despidió a las apuradas, dejando al gordo con la tarea de rellenar el fiambre y coserlo cual matambre navideño.

—Bueno pibe, acá cerramos al fiambrín y a casa —Romualdo empezó a colocar más o menos cada cosa de nuevo en su lugar como si de un tetri de vísceras se tratara; solo que un poco más sencillo, ya que, lo que no encajaba, se hacía encajar.

Por primera vez desde que llegó, el petiso abrió la boca para preguntar lo que había estado esperando—: ¿Cuánto me cobrás por dejarme el escroto de este tipo? —dijo, señalando al occiso sobre la mesa.

El gordo lanzó una carcajada de esas que terminan en flema y tos de EPOC por los Phillip Morris que lo acompañaban desde los 13 años, pero se quedó anonadado al notar que el pibe hablaba en serio. Ni lento ni perezoso, Romualdo replicó—: $10.000 pesos en efectivo, pibe. Y te los pongo en una Ziploc para que no chorree en el camino.

En cuanto el muñeco este sacó un fajo de billetes de $100, el humilde eviscerador se lo arrancó de las manos y rápidamente se puso a contar. Lo extraño de la situación fue que, a través del pantalón de vestir caqui medio mugriento del fiscal, asomaba una marcada erección. Incluso la tela se veía húmeda a causa de los fluidos.

Sin más, Romualdo faenó al linyera y puso el "paquete" en una bolsa con cierre hermético tal como acordó. Se lo extendió y observó cómo un brillo perverso se formaba en los ojos del petiso. Tenía la mirada de un muerto de hambre al mirar un banquete exclusivo para él.

—Tengo mucha gente con pedidos especiales, y nos gusta trabajar con gente como vos que no curiosea ni hace preguntas estúpidas. Te dejo mi contacto. Llamáme cuando entre ¨mercadería¨ que enseguida te la ubico y te llevás lo que corresponde.

Dicho esto, se dio la vuelta y se marchó.

Y así subsiguieron treinta años de pedidos especiales, en los que Romualdo preparaba el encargo en bolsitas Ziploc y lo mandaba al bolso negro deportivo que llevaba siempre a cuestas con geles para conservar la cadena de frío (porque tampoco daba viajar en el 92 de puente 12 a los Perales con más tufo del que, por lo general, solía tener encima).

Su hija, Hermenegilda, se recibió de psicóloga en la UBA, y con sus "ingresitos extra" le había puesto el consultorio en la zona más concheta que consiguió. Pese a que no tenía fe de que llegara muy lejos (no sentía que fuera muy inteligente), la flaca se había llenado de clientes. Se la pasaba días y noches enteras atendiendo en el consultorio.

—Te vas a enfermar de tanto trabajar. —solía decirle Romualdo.
—Cuando uno ama lo que hace, papá, no es trabajo. —contestaba ella siempre muy risueña.

En cambio, el otro pendejo, Quique, le había salido un clavo total. El pajuerano tenía cuarenta y dos años y se pasaba 24/7 en la computadora mirando el Yutu, Nefliz y esas cosas. No podías abrir su pieza porque la baranda a mugre que emanaba de ahí te daba vuelta, y era probable que lo encontraras "ajusticiándose a sí mismo", así que mejor dejarlo ahí.

A Romualdo no le importó que lo despidieran cuando el de seguridad le revisó el bolso a la salida del trabajo y encontró los "paquetes". Ya había pagado la hipoteca de la casa, había ayudado a la nena y tenía suficiente dinero y contactos para hacer que todo quedara en la nada.

"Una jubilación anticipada" pensó el viejo gordo, rascándose la pelusa del ombligo mientras miraba jugar a Boca contra Huracán en la televisión del living. Nunca sospechó ni se enteró que Quique había encontrado sus encarguitos especiales, y que, lejos de horrorizarse o asquearse, se había fascinado con todos esos órganos y restos sin vida.

Primero empezó explorando con algún que otro gato que deambulaba por los tejados del barrio. Los bajaba con un hondero y, con la precisión digna de un cirujano, los diseccionaba en su habitación para luego refregárselos por su cuerpo desnudo, llenándolo de excitación. Pero con el tiempo sintió que esto ya no le era suficiente, y comenzó a cazar criaturas de cuatro patas. Antes de desintegrarlos, fornicaba con ellos y se revolcaba entre sus fluidos, sus tripas y su sangre. Había algo en la inercia de la muerte que le resultaba más adictivo que el paco que circulaba a mansalva por aquellos pagos. A medida que fueron transcurriendo los años, su voracidad carnal se acrecentó, sin embargo, era tan cagón que no se animaba a cometer más que solo "vandalismo".

Pero el destino le sonrió el día que se enteró del fallecimiento de su hermanita. Por fin iba a tener acceso a una mujer de verdad. Y más aún, justo como a él le gustaban: tiesas. Si nadie en la familia denunciaba el robo del cuerpo y no levantaba sospechas, podría ser un crimen sin daños. Había investigado que en Argentina no estaba penado el hurto de cadáveres, y que con algo de plata era posible arreglar todo el asunto.

Permaneció sentado y cabizbajo durante todo el velorio. Si no fuera porque los pensamientos son privados, cualquiera habría pensado que se trataba solo de un hombre afligido. Pero la verdad era que, si se levantaba de la silla, no iba a poder disimular que tenía la verga como una piedra de pensar y repensar en todo lo que iba a hacer con Hermenegilda.

Una vez caída la noche, se colgó por el paredón de la Chacarita y fue directo al nicho donde habían dejado el cajón de su hermana. "Necesito aprovechar ahora que la carne está relativamente fresquita, porque en unos días voy a tener flor de laburito para mantener el chiche¨.

Con el cadáver ya en su casa y aprovechando que el viejo se había ido a lo de la tía Pocha unas semanas, se dispuso a preparar su ¨muñeca¨, siguiendo las instrucciones que había leído en una página de sus congéneres. Este experimento, a diferencia de sus víctimas anteriores, era lo más maravilloso que haría en su vida. La euforia que lo invadía no tenía precedentes.

Primero, debía cortar los excedentes, por lo que, con el serrucho que había comprado temprano en la ferretería de don Julio, comenzó a desmembrar brazos y piernas. Nada de todo eso le haría falta, y quitárselo haría que el "juguete" fuese más transportable y fácil de guardar.

Segundo, iba a necesitar arrancarle los dientes y las muelas de la boca para luego cubrir las encías con silicona. No planeaba engancharse la piel del prepucio con algún molar; el dolor no era lo suyo. Esos BDSM que andaban de moda le parecían una aberración. ¡Él jamás causaría daño a nadie! Siempre se satisfacía con cuerpos sin emoción, sin pensamientos, sin recuerdos... es decir, nada que los diferenciara mucho de un consolador o una vagina artificial. Lo suyo eran los objetos inanimados.

Y por último (ahora sí venía lo bueno), se desabrochó el jean y se bajó el bóxer. No podía esperar ni un segundo más para estrenar su proyecto, así que se sacó lo que quedaba de ropa delante del cuerpo frío de su hermana y...

—PERO ¿QUÉ MIEEEEEER...? —No pudo concretar la frase que enseguida pudo ver, entre el enchastre de sangre sobre la mesada, que el ano y la vulva de su muñeca se encontraban totalmente destrozados. Incluso si miraba un poco más de cerca, además de algunas larvas que ya empezaban a asomar, podía distinguirse perfectamente el olor a semen y pito de otro hombre allí.

El momento que tanto había estado esperando, quedó arruinado en un santiamén. Por primera vez desde el fallecimiento de su hermana lloró desconsoladamente. Otro hijo de puta le arrebató eso en lo que tanto esmero, pasión e ilusión había puesto. Pero esto no iba a quedar así, ah no, claro que no. Esta vez, Enrique iba a ocuparse de algo más que pajearse con cadáveres, sí señor, iba a encontrar al responsable y lo haría pagar a como dé lugar.

Se dirigió al despacho de Hermenegilda y empezó a revisar en su agenda los últimos pacientes que había atendido. Encontró a un tal Raimundo Bergo, y a su lado un dibujo de... ¿un dinosaurio? ¿De dónde le sonaba ese nombre?

Quique pensó y pensó, hasta que finalmente lo recordó. "Es el tipo que llamó a la ambulancia diciendo que Hermenegilda se descompensó justo terminando la sesión." Pero los médicos declararon haberla encontrado ya sin signos vitales. Algo no cuadraba.

Pero esto no iba a quedar así. Si algo tenía claro era que

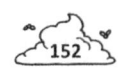

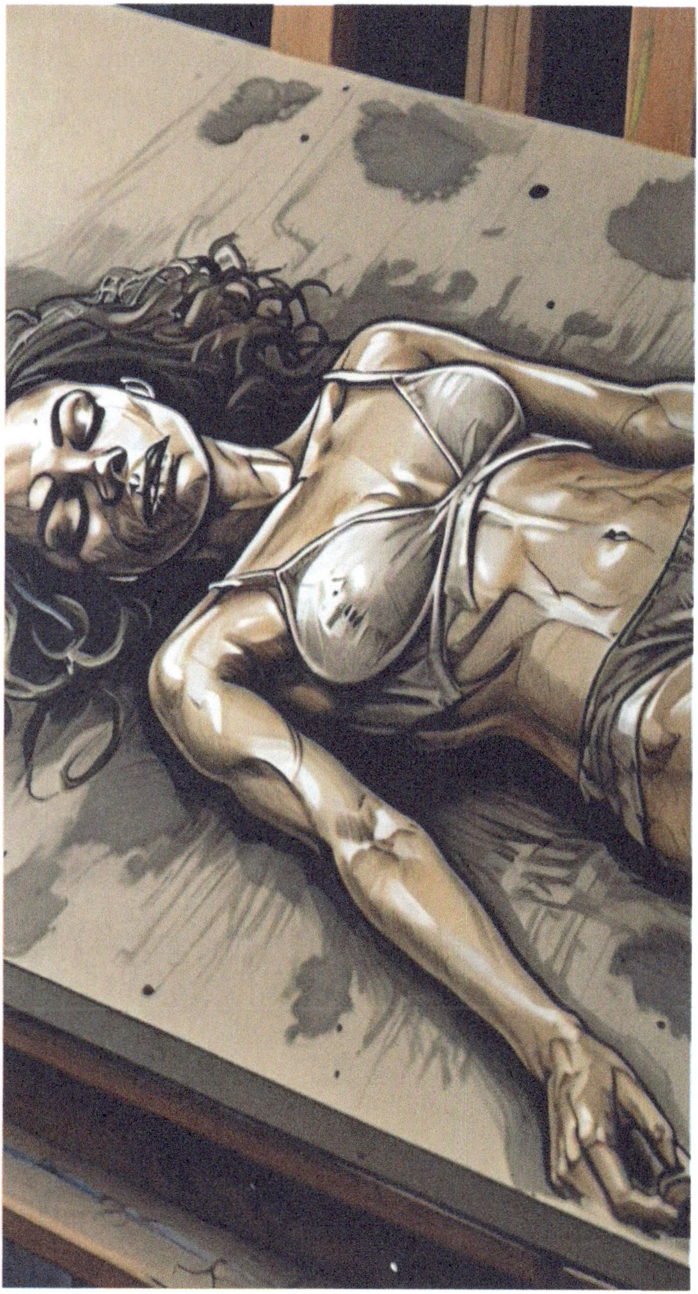

encontraría a ese tal Raimundo y le daría de probar un poco de su propia medicina. E incluso, porque no, sumarlo a la nueva colección de juguetes que planeaba tener después de ocuparse de su primera muñeca...

¿Continuará?...

COMO BATIDO DE MIERDA
~ THE MUSICAL ~
THE SHOW MUST GO ON

Milo Russo

En un descuido, pisó caca.

Hay quienes, de inmediato, piensan que es una señal cósmica, un augurio de buena fortuna y dicha. Pero lo cierto es que esas creencias no son más que una farsa inventada por algún vecino hijo de puta que nunca levantaba los excrementos de su perro. El tereso aplastado bajo la suela de su zapato no le trajo ni dicha ni rabia. Al contrario, Horacio sintió una profunda nostalgia, esa que se siente al ver que la vida se ha convertido en un desfile de mierda humana, de esas que no se pueden evitar, de las que te manchan sin previo aviso.

Horacio Hidalgo siempre se había considerado un hombre importante. Había seguido una carrera brillante en medicina animal, impartido clases en el extranjero, y trabajado en cargos de alto rango en la preservación de fauna en peligro. Los últimos años los había pasado "descansando", aceptando el cargo de subdirector en un santuario de animales recuperados, una función fácil y sin mucho desafío, que no hacía justicia a su vasta experiencia y preparación. Sin embargo, le permitió algo crucial: conseguirle un trabajo al inútil del sobrino de su mujer, que tanto le rompía los huevos. Un tipo tan incapaz que su única tarea consistía en asegurarse de que los animales no se mataran entre sí y, de paso, limpiar la mierda del suelo. Y claro, en este instituto de investigación, las calles y senderos estaban pavimentados con mierda. Mierda muy parecida a la que ahora cubría su zapato, como si fuera una galocha fecal.

Horacio suspiró, mirando las huellas que dejaba al caminar. Sus días en el centro santuario ya quedaron atrás. Después de los eventos de público conocimiento que lo habían involucrado con la renta de animales para producciones cinematográficas, en donde se destaparon actos escandalosos de zoofilia, lo habían echado a la calle. "¡¿Qué iba a saber yo que filmarían a la gallina haciendo felatios?!" solía lamentarse de vez en cuando. "Que yo sepa, la gallina pone huevos, no se los traga...", se decía a sí mismo, mientras intentaba encontrar algo de consuelo en el absurdo de la situación.

Esa había sido solo una de tantas aberraciones que los animales a su cargo habían protagonizado en la pantalla grande. Ahora enfrentaba demandas que parecían no terminar nunca, y un divorcio que le estaba quitando hasta los últimos centavos.

—Todo por culpa de ese imbécil.

Recorrió el resto del predio hasta su oficina, ubicada al fondo del complejo A2 del Instituto Nacional de Investigación Eco-Ambiental. Un nombre bonito, sí, pero que no era más que un disfraz para lo que realmente era: un rejunte de galpones atiborrados de insectos y alimañas. Seguía siendo el mandamás del sitio, pero su cargo (Director de Biodigestión de Residuos y Afines) era solo un bonito título para alguien que vela por el adiestramiento de cientos de miles de cucarachas y escarabajos para que aprendieran, esencialmente, a comer mierda. No más ni menos.

Como todos los días de esta etapa tan gris de su vida, se dejó caer sobre su banqueta, (Sí. Banqueta. Un tipo que cría cucarachas no iba a gozar del privilegio de tener un sillón de oficinista) y luego se puso a repasar el interminable pilón de formularios que debía revisar, autorizar, recopilar, agendar en reuniones de control y elevar a gerencia.

Puede que le parezca desmedida tan maña burocracia, pero hasta las cucarachas tienen sus derechos y por su servicio gozan de beneficios como atención, hábitat y cuidados. Y por supuesto alimento, que claro, es mierda. Yo no me mofaría tanto de ellas si fuera usted. Recuerde que, por lo mismo, a usted le cobran en McDonald.

En fin. Se trataba de un día más en la aburrida nueva vida de Horacio. Un llamado lo sacó de la rutina. No solía recibir llamados.

—Lo buscan en la entrada —anunció el guardia de seguridad.

Horacio se colocó el saco y se dirigió hacia la entrada. Él no creía en los dejá vù. Por eso lo agarró con la guardia baja y no reconoció al hombre detrás de la garita que, con pinta de empresario, ambo gris, lentes de sol y hasta un maletín, estaba orinando mientras relojeaba hacia los costados. Le hubiera llamado la atención, pero temió que se trate de algún inspector y que por tomarse a mal la reprimenda le traiga problemas más adelante.

—Ejem —expresó.

Sobresaltado, el hombre se volteó y guardó su miembro bajo el pantalón. De haber procedido al revés, Horacio se habría ahorrado el vistazo al erguido zuquini que el tipo tenía entre manos. Y que, dicho sea de paso, no se veía rastro de orina contra la garita. Aquello fue tan revelador que reconoció al instante la identidad del visitante, a través de su irreconocible apariencia, incluso antes de que le dijera:

—¡TÍO!

Horacio quedó paralizado. Tan tieso como la erección de su sobrino bajo la bragueta.

—Tío —volvió a decir, ya sin sobresaltos—. ¿Cómo estás? —agregó en un tono que intentaba sonar amigable.

—¡VOS!

—Cuando supe que trabajabas acá pedí venir yo mismo, así te visito. Hace tiempo que no nos vemos...

Tuvo que reconocer que alguien había metido mano con este imbécil. Por lo menos había soltado esa oración sin tener que haberla leído de un papelito o de su propia mano escrita en birome. El encanto duró poco.

—...eh. Sonreír. Estrecharle la mano. Estás impecable.

El muy tarado parecía haber memorizado toda la línea de diálogo. Con la indicación gestual y todo. Le tendió la mano y Horacio, distraído por la novedad, olvidó lo que había estado haciendo hasta que advirtió una humedad pegajosa entre los dedos.

Se dirigieron juntos hacia su oficina. Rápido. No quería que alguien más lo viera por aquí. Y tenía el baño más cerca. Si no se higienizaba rápido, estaba considerando pasar la palma de la mano por la trituradora de basura.

—Para serte franco, esperaba no verte pronto.

—Tío, tengo un negocion para vos. Sonreír. Guiñar el ojo.

—Se puede saber que te pasa que hablás como un boludo.

—Ahora trabajo para un pez gordo.

Horacio se la veía venir: Rodrigo, el infeliz de su sobrino, terminaría la frase con un "gordo como te gusta". O algo así. Sorprendentemente nunca lo hizo.

—Trabajo para unos tipos que hacen shows. Yo no sé si sabías, pero hay cines donde no se pasan películas. Sino que los actores tienen que hacer su papel todo el tiempo mientras vos estás sentado en la butaca. Es una cosa moderna...

—Teatro.

—¿Cómo sabías? Bueno, la gente para la que trabajo hace shows de teatro. Y te quieren en el caldo.

—¿A mí? Yo no sé nada de teatro.

—No hace falta. Yo tampoco sé, y mirá donde estoy

ahora. Guiño.

—¿Podés dejar de hacer eso? Me dan ganas de cagarte a trompadas, Rodrigo.

—Viste que fui actor, ¿no?

Cómo olvidarlo. El pelotudo había sido seleccionado para el papel de Gervasio en un film abyecto y degradante llamado "COMO BATIDO DE MIERDA". No hubo casting, una vez que le relojearon el péndulo que tenía entre las piernas, quedó enseguida. Y debutó en la misma película donde se vieron los animales que él proveyó a la producción. ¡Qué injusta la vida! Que por ser porongudo a su sobrino le siguieron lloviendo oportunidades mientras que él guerreaba con juicios y abogados.

—Sí. Entraste al papel por una cabeza. ¿Y con eso qué?

—Esa gente ahora está haciendo un show; teatro, como dijiste. Pero en el que los actores cantan. Y no es un recital. Es algo nunca visto.

—Escucháme tarado, estás hablando de un musical.

—¡Eso, eso!

—¿Y yo dónde entro en esto? No sé actuar, menos cantar.

—No te quieren a vos. Quieren que hagas lo mismo de la otra vez.

Horacio tuvo una regresión en donde se vio entregando jaulas de varios animales para la productora de la que ya hablamos. Ya dijimos lo que sucedió con la gallina. Falta saber lo que sucedió con el gorila: terminó afeitado y depilado y había sido amaestrado en el diestro arte de la masturbación. Es sorprendente lo que pueden hacer unos miembros inferiores con pulgares opuestos. Su número se llamó Doble twice handjob. Hasta que estuvo ese pequeño incidente en el que se le fue la mano y a la víctima que le ofrecía su erguida banana cárnica, el gorila no respetó los límites elásticos del prepucio en general y se la peló como una fruta madura.

—Vos comiste vidri...

Rodrigo abrió el maletín. Es increíble como, con buenos argumentos, el dinero te puede hacer cambiar de opinión.

—¿Y qué están buscando esta vez?

—Ahora trabajás con insectos. ¿No? Sonríe.

Horacio lo llevó a recorrer el predio. Los galpones eran extensos e ir de uno a otro podía tardar minutos. No se veían desde hacía un par de años. Tampoco estuvieron en contacto. Esta caminata pudo haber sido el momento para ponerse al corriente uno con el otro. O preguntarle al menos sobre su ascenso en materia laboral. Rodrigo vestía cuanto menos como una persona decente en este momento. Una lástima que el único diálogo fue:

—¿Podés cerrarte la bragueta, que está goteando silicona?

El depósito D3, una estructura de chapa y vidrio, era uno de los más amplios del predio y tenía potentes sistemas de circulación de aire que hacían retumbar los oídos con zumbidos muy molestos. Pero bienvenidas sean las jaquecas, porque aquí dentro se depositaban toneladas y toneladas de heces, recolectadas de todo el partido de Morón. Antes de que se instalaran los extractores, los empleados que aquí operaban terminaban sufriendo de croposinusea intranasalis, una condición que les barnizaba las paredes de los pulmones con una pátina de sustancia fecal. Una afección inocua a simple vista, pero a nadie le gusta estornudar un spray diarreico.

—Acá conservamos a los especímenes de primera generación —dijo el doctor Hidalgo mientras señalaba el hábitat de unas ordinarias cucarachas que consumían enormes montículos de papel higiénico usado—. No poseen alteraciones genéticas, pero desde el período larvario se las adiestran para consumir sólo caca.

—Fascinante. Poné cara de interesado. Me llevo cien.

El limitado neuronal agitó un fajo de dólares y Horacio sintió que estaba a punto de cometer un error. Además de incurrir en una ilegalidad, porque las cucarachas eran propiedad del instituto y venderlas estaba penado por la ley, por la reincidencia podría enfrentar una buena estadía en prisión.

—Escucháme una cosa, Rodrigo. ¿Qué van a hacer con estos bichos...? Dejá. No me cuentes nada. Pero nunca menciones que te las di yo porque me vas a meter en otro quilombo de la san puta. Que si caigo yo te hago caer a vos también y en prisión les digo a todos que a vos te gusta que te revistan de piel el fundillo.

—¡No! ¡El corta-churros no! Silencio. Mano en el mentón. Lo único que tienen que hacer es desplazarse en la misma dirección en el escenario.

Horacio sintió un principio de alivio. Luego algo de intriga.

—No me imagino cómo van a hacer que avancen todas para el mismo lado...

—¡Ya sé! —Al idiota se le iluminó el rostro. Y en lo que uno se demora en decir "¿Qué carajos estás haciendo, enfermo?", Rodrigo hundió la mano en lo profundo de la parte trasera de su pantalón y, con lo que recolectó de allí, se embadurnó el miembro. Que al instante ya estaba de nuevo enarbolado, dispuesto a que lo volviera a sacudir. Vaya a saber que habrán imaginado las cucarachas, que desde su recipiente y bajo la sombra de un titánico zurullo, comenzaron a arremolinarse detrás del vidrio como los monos de Odisea en el espacio cuando se toparon con el monolito. El idiota gritó.

—¡Soy su dios, PITOCACA! Basta idiota. Buena demostración de todos modos. Necesitamos esas cucarachas.

—A vos no te quedan neuronas vivas. No. Ni en pedo caigo de nuevo —Horacio ya se veía el tuje como vaina de sable corvo presidiario—. Vos me vas a dejar culo para arriba otra vez. No puedo confiar en vos.

—Quinientos mil dólares. No lo mires a los ojos. Mirá las cucarachas.

—Voy por una caja —Horacio no había llegado a voltearse cuando escuchó:
—Es un musical. Tienen que cantar...
—Bueno. Cantar no cantan... —El director del instituto temió que la oportunidad se le escape de las manos y se apresuró a decir—: No creo que haga falta que canten... Seguro que pueden hacer playback. La gente no lo va a notar.
—Ya vimos que siguen a la caca. Podemos untarle el miembro para que le coman el choto al personaje...
—¿Qué?
—SILENCIO. El idiota está hablando.
—¿Vos estás bien?
—Decime tío. ¿Cuál es la cucaracha más grande que tenés? Gesto de biyuya.
—No. De ninguna manera. Estamos hablando de casos experimentales y ni siquiera te puedo mostrar...
—Un millón.
El predio F1 estaba cercado. Tenía cintas amarillas que cruzaban la puerta de entrada, que, por cierto, tenía signos de irrupción forzada. Tío y sobrino accedieron a hurtadillas y se arrimaron a un recipiente cuyos cristales, reforzados con blindex, tenían serias rajaduras.
—Q212 es nuestro caso experimental más reciente. Su función es la de destrabar obstrucciones cloacales y contener derrames en centrales de tratamientos residuales. Puede devorar mil kilos de deposiciones en catorce minutos. Pero todavía seguimos trabajando en su comportamiento.
—Mmmmmm. —expresó el muchacho—. Dudas. Más dudas. Estás dudando. Mmmmm. No. No es muy grande...
Q212 se encontraba encorvada sobre sí misma, y en esta posición podía compararse en tamaño a una pelota de fútbol. Si es que una pelota tuviera varios pares de patas, dos antenas de treinta centímetros, un juego de pinzas del tamaño de un alicate de electricista y una tremenda...

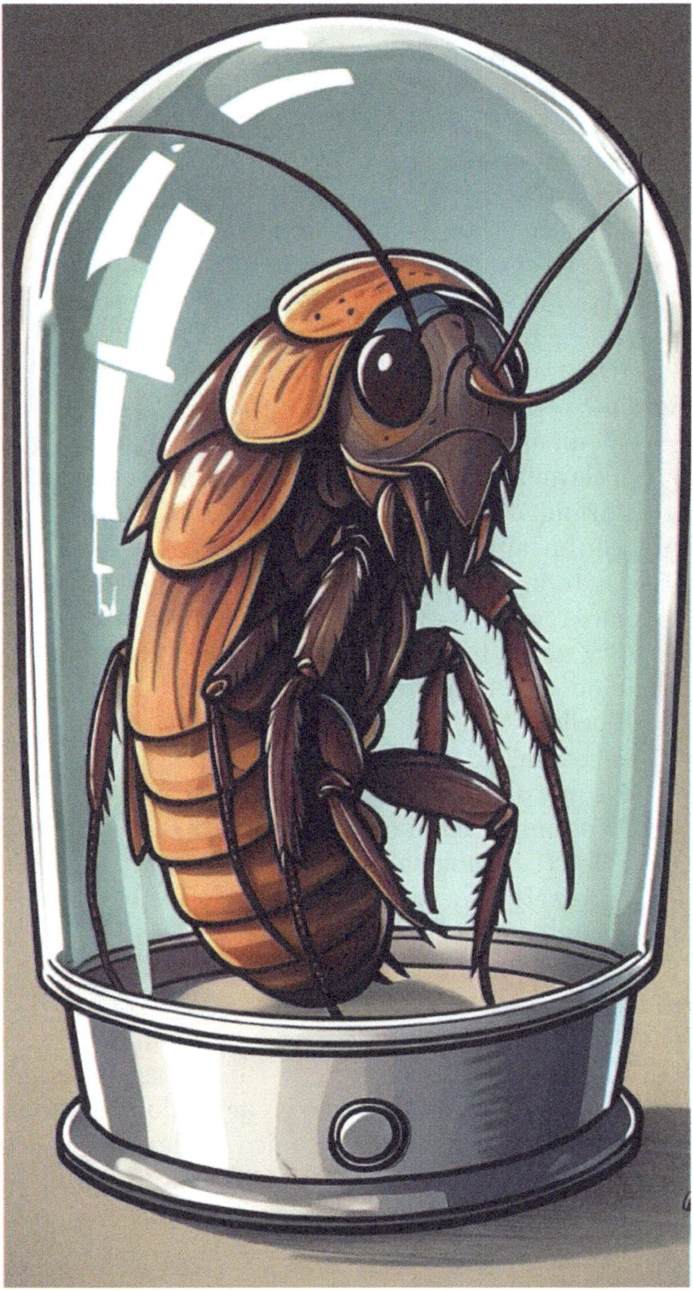

—Ah. Pero qué pedazo de ¡PORONGA!

El sorpresivo grito de Rodrigo hizo que Q212 reaccionara a una velocidad felina y embistiera el cristal, que no cedió, pero aumentó la longitud de sus grietas.

—Bajá la voz, retrasado.

—Asentí.

—Q212 tiene serios problemas de conducta, es un proyecto en suspenso.

—¿Le dan viagra al bicho? Tiene una tararira de medio metro. —Y tenía razón, Q212 tenía una boa relajada que arrastraba por todo su hábitat y dejaba huellas de serpenteo por donde iba.

—Es un ejemplar para cópula. Es tan agresivo que partió a la mitad a las hembras de su camada. Y eso que por la disformidad sexual que presenta esta raza las hembras duplican en tamaño a los machos.

—De todos modos, es muy pequeño. Es teatro, no podemos recurrir a efectos visuales en el escenario.

—Si querés te puedo incluir los sedantes que le inoculamos al momento de entrar en su habitáculo.

—Decíle que no.

—¿A quién?

—No inútil. Decíle que no vos.

—¿Vos me estás tratando de inútil a mí, la puta que te parió? ¡Te voy a moler a golpes!

Otra vez el grito agitó a Q212, que golpeó el blindex con un latigazo de su apéndice tentacular.

—Pasános el audio. Vos pasále el audio. Dale el auricular.

Como si de un perro estuviéramos hablando, Rodrigo se rascó la oreja hasta conseguir retirar un pequeño audífono de su oído. Alguien más estaba escuchando todo lo que hablaban y Horacio sintió un pánico que le endureció el upite con la fuerza capaz de cortar viguetas de acero.

—Me estás espiando, hijo de una gran puta... ¡Te voy a hacer cagar fuego!

Horacio ya se había abalanzado contra el muchacho y estaba estrangulándolo cuando escuchó las voces apagadas provenientes del audífono.

—No tema, señor Hidalgo —emitió el pequeño dispositivo revestido por cerumen—. No somos de ninguna agencia policial. Puede hacernos el favor de darnos la oportunidad de explicarnos. Nuestra propuesta es seria.

Horacio continuó estrangulando un poco mientras cavilaba a lo que estaba por acceder. Cedió su agresión cuando advirtió que su sobrino no estaba padeciendo su violencia, sino que parecía disfrutarla: ya estaba sintiendo una puñalada en la ingle.

—Guardá esa verga inmunda, pervertido. Rajá de acá.

—Por favor, colóquese el dispositivo. Tenemos que hablar —dijo el aparatito.

—Ni en pedo. Es un asco. Prefiero hacerle un beso negro al caballo de un cartonero.

—Muy bien. Si puede escucharnos con claridad, no hay ningún inconveniente. Mi nombre es Rogelio Martona, y soy productor de artes escénicas. Acudimos con mi equipo a usted porque reconocemos a un hombre de negocios cuando lo vemos. Lamento que hayamos tenido que recurrir a esta... mascarada, de enviar como intermediario a su sobrino. Mi equipo pensó que acceder a usted a través de una cara familiar lo hubiera vuelto más abierto a negociar, pero no contamos con que su familiar es un completo descerebrado.

—Está relatando en voz alta las indicaciones que le dan. No sé cómo no se dieron cuenta, si este tipo no disimula ni cinco minutos su condición —Horacio lo buscó con la mirada. En un santiamén el tarado se había perdido de vista. Lo encontró jugando con el disfraz de cucaracha que estaba colgado en una pared, que usaban los técnicos para interactuar con Q212.

—Creíamos que la suya era una idiotez dentro de parámetros normales. Lo enviamos a usted con este auricular y una cámara oculta en sus lentes para tomar imágenes de sus insectos, pero lo único que pudimos capturar hasta ahora son fotos de sus partes.

—Terminemos con esto, Rogelio. Si todavía quiere las cucas, va a tener que afilar el lápiz y llevarse a este imbécil de acá. —Rodrigo se había puesto el disfraz y saltaba de un lado para el otro, haciendo rebotar la enorme protuberancia de peluche que simulaba ser el aparato reproductor.

—Ofrecemos cinco de los grandes por un centenar de los ejemplares que vimos antes.

—Diez.

Del otro lado se hizo un silencio.

—Seamos razonables. Son cucarachas.

—Siete —accedió Horacio Hidalgo. Le dio un vistazo a Rodrigo, que practicaba una suerte de masturbación al peluche peneano— Y deportan a este pelotudo a Siberia.

—Trato hecho.

Horacio sintió que todas sus deudas comenzaban a esfumarse, que sus problemas se empequeñecían y un horizonte nuevo, de paz y serenidad, se abría paso entre el nubarrón negro y henchido que hasta hoy era su futuro. Ojalá le hubiera durado más tiempo esta sensación.

—¡Ouu yeah! —escuchó. Y abrió los ojos como dos platos cuando sintió que algo le salpicaba los pómulos. Giró lentamente su rostro, a sabiendas de lo que sucedía incluso antes de que sus ojos lo atestigüen...

—¡Escupe wascaaaa! ¡Quiero un disfraz así!

—Santo cielo... no es semen. Son FEROMONAS.

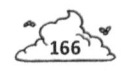

El sonido de mil cristales estallando ensordeció al equipo en el estudio. Rogelio junto a los tres operadores, habiendo visto lo que vieron, abandonaron el proyecto. Uno de ellos incluso se hizo evangelista. Como sea, de la obra musical de "COMO BATIDO DE MIERDA II" no se volvió a escuchar noticia. Es probable que la productora haya tomado cartas en el asunto de manera urgente y borrado de todos los discos y servidores cualquier cosa que pudiera vincularlos al desastre que provocó que se cerrase el instituto de investigación para siempre. Si uno hoy googlea en internet, solo encuentra noticias sobre las agresiones sexuales que sufrieron los empleados del instituto por parte de un insectoide salido de un laboratorio. También puede encontrarse en algunos sitios las caras de los responsables que liberaron al espécimen agresor en un muy turbio mercado de especies. Rodrigo y Horacio Hidalgo figuran como principales responsables y cumplen sentencia en el penal de Ezeiza, en el pabellón de máxima seguridad. Un sitio donde los temores más infundados de Horacio se hacen realidad de ocho a diez veces por semana.

Por fortuna, Q212 ya le había aflojado la suspensión.

"HERMOSO VA A QUEDAR EL RETRETE CUANDO SUELTE EL BARRO INTESTINAL QUE LLEVO DENTRO, QUERIDA."

CAP. 9 PÁG. 113
COMO BATIDO DE MIERDA 2

BOCCATO DI CARDINALE

Andrés F. G. Santana

(Pasillo de Biblioteca)

El móvil suena...

«¿Quién coño me llama a estas horas de la madrugada?»

¡Es el inútil de Raimundo! Desde que cerré la heladería porque sus batidos de mierda no funcionaron, tuve que asociarme con él y montar una planta de tratamiento de cuerpos humanos para consumo alimenticio en una ciudad donde las parafilias son algo natural y las personas tienen sexo con animales e insectos a diario. Vender carne humana fue una buena alternativa para saciar la gula de nuestra población.

—Raimundo, ¿sabes que jodida hora es? ¡¡A estas horas estoy borracho, follando o dormido!!

—Lo siento Aníbal, pero ha llegado un nivel 4 con alarma de reserva de nombre y pensé que debías saberlo para empezar con los trámites cuanto antes.

—¡¡¡Me visto y salgo de casa, nos vemos en el CtyD!!!

Raimundo lleva el trabajo físico dentro del "Centro de Tratamiento y Dispensación" (CtyD), donde la única norma es que ningún cadáver admite esperas. Recuerdo con cierta ironía la cara de asco que puso cuando trajeron el primero aún tibio; pertenecía a una vieja decrépita a la que poco le faltaba para cumplir los 106. Los operarios nos dijeron que quedó frita de repente en su silla mecedora tras sufrir unas horribles convulsiones, al parecer ahogando sus estertores entre esputos y soltando sus últimas heces sobre un funesto consolador. De ella únicamente pudimos extraer los huesos para sopa, y su flácido pellejo de centenaria fue llevado al STyR (Servicio de Traslado y Reciclaje) para fabricar una billetera. No sacamos mucho dinero, pero hoy, con un nivel 4 y alarma de reserva de nombre, vamos a sacar un buen saco.

Una vez en el CtyD, fui a hacer urgentemente los trámites de nuestra reserva:

☐ Nombre de la finada: Hermenegilda Colonuspia.
☐ Nombre de reserva: Marta López.
☐ Causa de muerte: Paro cardíaco tras realizar ejercicios físicos.
☐ Profesión: Psicóloga.

Una joven psicóloga de nivel 4 era un buen reclamo para cualquier comprador, ya que en esta podrida sociedad clasista no vales lo mismo muerta habiendo tenido una profesión bien considerada que la de una prostituta… pese a que Hermenegilda tenía enfermedades de transmisión sexual solo vistas en rameras baratas.

El cuerpo estaba reservado a nombre de Marta. Entre los servicios que brindamos se encuentra también la reserva de cuerpos "pre-muertos"; es decir, puedes encargarnos un cuerpo con características definitorias o simplemente uno con nombre y apellido, como era este el caso:

—¿Si?

—¿Es usted Marta López?

—Si, ¿por?

—Soy Aníbal, dueño y administrador del CtyD. Le informo que el cuerpo que había reservado murió hace unas horas, y estamos a punto de empezar con su despiece, ¿lo quiere de alguna forma en especial?

—No, el despiece típico me irá bien.

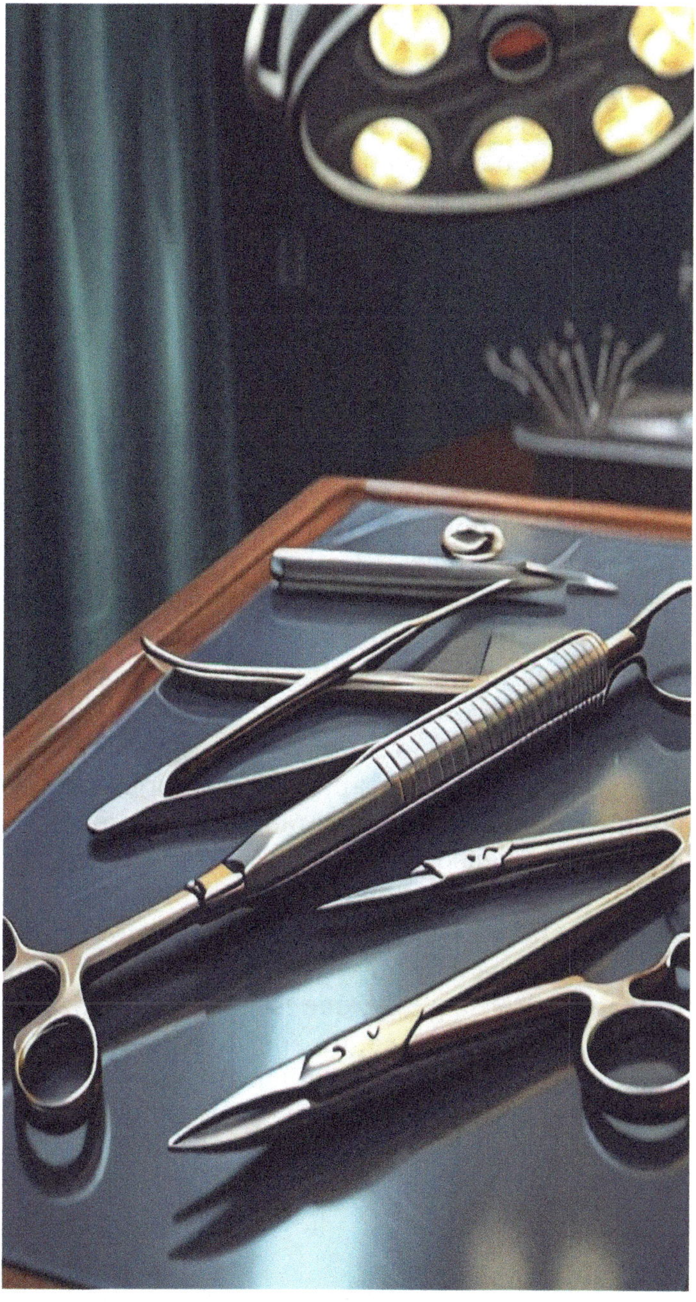

—Se lo enviaremos a casa cerca de las 11:00.

Y corto la llamada.

Corro para avisar a Raimundo que prepare los instrumentos necesarios. En poco tiempo, hay un muestrario de herramientas quirúrgicas cuyos bruñidos filos refulgen ante la luz del foco instalado encima de la camilla. Hay que actuar rápidamente para evitar la más mínima descomposición, limpiarla al calor del vapor templado a 90°C para después abrir y limpiar bien los poros de la piel, afeitarla de cabeza a pies, filetear la carne aprovechable, separándola de la grasa rancia y adecuar la limpieza del resto de los órganos blandos para finalmente empaquetarlo todo al vacío y ponerlo a la venta a través de los distintos PDA (Puntos de Distribución Alimentaria).

Yo me ocuparé luego del etiquetado y de trasladar los huesos y cartílagos hasta el CHAP (Centro de Hervido a Alta Presión) para su conversión en una sustanciosa y amorfa gelatina, muy apropiada para la fabricación de caldos y aderezos que la gente suele mezclar con sal marina, hierbas aromáticas, colorantes, sabores alimentarios y otros sobrantes de restos orgánicos. Lo no-aprovechable se usará para alimentación animal mezclada en piensos.

Mientras cortamos la zona abdominal de Hermenegilda, nos encontramos con la sorpresa de un feto de aproximadamente veinte semanas de gestación; un magnífico obsequio, ya que estos son muy cotizados por su pequeño tamaño, un aperitivo gourmet apto solo para los más ricos. Es lo que algunos llaman un verdadero "Boccato di cardinale".

Hernán M. Ferrari

Desde luego, soy un tonto.
¡Pero tengo que hacerlo!
Michel Poiccard – À bout de souffle
(Jean-Luc Godard, 1960)

El azar merodea.

El calor era insoportable. Transpiraba como un condenado, y su remera era el repositorio de un sudor maloliente que pigmentaba sus axilas de un amarillo casi fluorescente. No sabía por qué estaba caminando por esas calles. No sabía qué hacía fuera de su casa, exiliado del paraíso que producía el ventilador de chapa de dos velocidades que le había robado a su abuela. Parecía guiado por un extraño embrujo que estaba a punto de dejarlo deshidratado.

Se metió dentro de una galería de luces titilantes y azulejos resquebrajados para tratar de mitigar el bochorno. Pero, lo que debiera haber sido una panacea, resultó en un choque térmico entre el aire acondicionado y el ardor casi febril de su cuerpo. Los intestinos le crujieron de inmediato, y un reflujo con aroma a fernet y porotos al escabeche comenzó a subir por su esófago.

Recorrió el pasillo central de la galería con paso apretado, mirando hacia uno y otro costado. Temía que, ante el menor descuido, se le pudiera escapar un pedo con sorpresa. No quería ni imaginarse lo que sería volver a su casa caminando con ese pastiche surrealista y vomitivo estampado en los pantalones. Debía encontrar un baño urgente.

La puerta estaba cerrada con candado, y un cartel con una grafía parkinsoniana indicaba que el baño estaba fuera de servicio. Un aroma fétido, como el del baño de una cancha del ascenso, le indicó que estaba perdiendo la batalla. Entonces, al final de la galería, vio un cartel que pareció devolverle la esperanza de conservar la integridad del calzoncillo agujereado que tenía puesto hace tres semanas.

¡HOY! MARATÓN DE CINE
NOUVELLE VAGUE
PARA QUE TENGAS Y GUARDES
¡GODARD, TRUFFAUT Y LOS DEMÁS!

Se acercó lo más rápido que le permitían sus panes apretados, y pudo colarse con facilidad sin pagar porque el subnormal que vendía las entradas estaba cascándose la nutria mirando culos en TikTok.

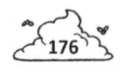

En la pantalla, un pibe miraba hacia el mar y después hacia cámara, todo en perfecto blanco y negro. ¡Qué gran cagada se mandaría él si estuviera en esas aguas! Mientras se bajaba los pantalones en la última fila de la sala semi vacía, recordó la anécdota que su abuelo contaba todas las navidades en la sobremesa: estaba en Las Toninas y le había apostado a un tano que, si podía atrapar un cornalito con la boca, el tano tenía que darle a su mujer para que la bombee toda la noche. Hecha la apuesta, el viejo se inclinó mirando el agua. No parpadeaba. Tenía la concentración de un domador de tortugas. En el instante preciso, se tiró de cabeza con la boca abierta, los ojos abiertos, el fideo codito que tenía por verga endurecido pensando en las bondades de la esposa de su vecino. Hubo un instante de zozobra mientras la cabeza del viejo seguía dentro del agua. Hasta que emergió. El sol a contraluz le daba un aura mística. Los vendedores de churros detuvieron el andar de sus carritos para ver la proeza. El viejo tenía algo aferrado entre sus dientes. La mujer del tano se acomodó las tetas, mientras su marido se acercaba al viejo. Las carcajadas no tardaron en estallar. Hubo fotos y videos. Lo que el viejo había atrapado era un soruyo del tamaño de un pejerrey. Lejos de darse por perdido, masculló con sus dientes llenos de mierda un redoble en la apuesta: si se tragaba el soruyo, la mujer del tano se quedaría con él por el resto de la quincena. Cuenta el viejo, más agrandado que sorete en kerosene, que luego de deglutir el ejemplar fecal la farmacia agotó su stock de vaselina y pastillas del día después. Y para Bulacio, lo que decía su abuelo era palabra sacra.

Rodaban los créditos de la película cuando Bulacio dio rienda suelta a su liberación estomacal. Más que rienda suelta, parecía que había abierto la canilla. A su espalda, sobre la pared, dejó una pintura rupestre de mierda donde aún podían verse restos de porotos. Si lo veía alguien del Malba, compraba el pedazo de pared y lo exponía.

Entonces, el azar intervino.

Estaba arrancando un trozo de alfombra para limpiarse, cuando una chica se acercó hacia donde estaba él. Una rubia de estatura mediana, con lentes y dos tremendas tetas que parecían el monumento mundial a la lactancia.

—Oh, por dios —dijo la mujer.

—Más que por dios, por los porotos y el fernet —contestó Bulacio.

—Esto es tan avant-garde.

—La garcha la tengo grande, sí.

—Con este acto tan primal, expresas a la perfección lo que pienso acerca de este tipo de cine. ¿Acaso eres un crítico reputado?

—De re puto nada, aunque a veces un dedito se cuela cuando me baño.

—Me gustaría continuar este intercambio en otro sitio. ¿Puedo invitarte a comer? —dijo, y se acercó a su oído—. Conozco un sitio que se llama The Cage —susurró.

—The Cage —repitió Bulacio, poniendo los ojos en blanco.

—The Caaage —insistió la rubia, pasando sus dedos por el mentón de Bulacio.

—THE CAAAAGEE —la pinga se le puso como mástil de barco.

Cruzaron una puerta de chapa negra y bajaron unas escaleras que desembocaban en una pequeña sala. Las paredes tenían ladrillo a la vista, había una sola mesa rectangular y, colgando sobre esta, una jaula del tamaño de una persona donde una vieja china se mecía de un lado a otro.

—Me llamo Svetlana —dijo la rubia mientras se sentaban.

—Mucho busto, digo, mucho gusto —dijo Bulacio, saboreándole las tetas con los ojos.

La vieja china chillaba y movía la jaula por sobre sus cabezas. Un mozo se acercó hacia ellos.

—Bienvenidos. ¿Qué van a ordenar para que coma la vieja?

—¿Para que coma la vieja? —preguntó Bulacio.

—Oh, sí. Verás, este es un lugar muy avant-garde.

—Otra vez con mi garcha...

—Entonces, tú ordenas que quieres que coma la señora oriental, ella se lo come, y luego lo defeca en tu plato. Es haute gastronomie, mejor que la comida ortomolecular.

—Por el culo te la voy a zampar. No sé, mandale tira de asado y ensalada de tomate y huevo duro —dijo Bulacio.

—Exótico. ¡Me encanta! —dijo la rubia, aplaudiendo.

La vieja masticaba que daba calambre. Cuando terminó de devorar todo el plato, el mozo se acercó y desde abajo comenzó a picarla con un palo.

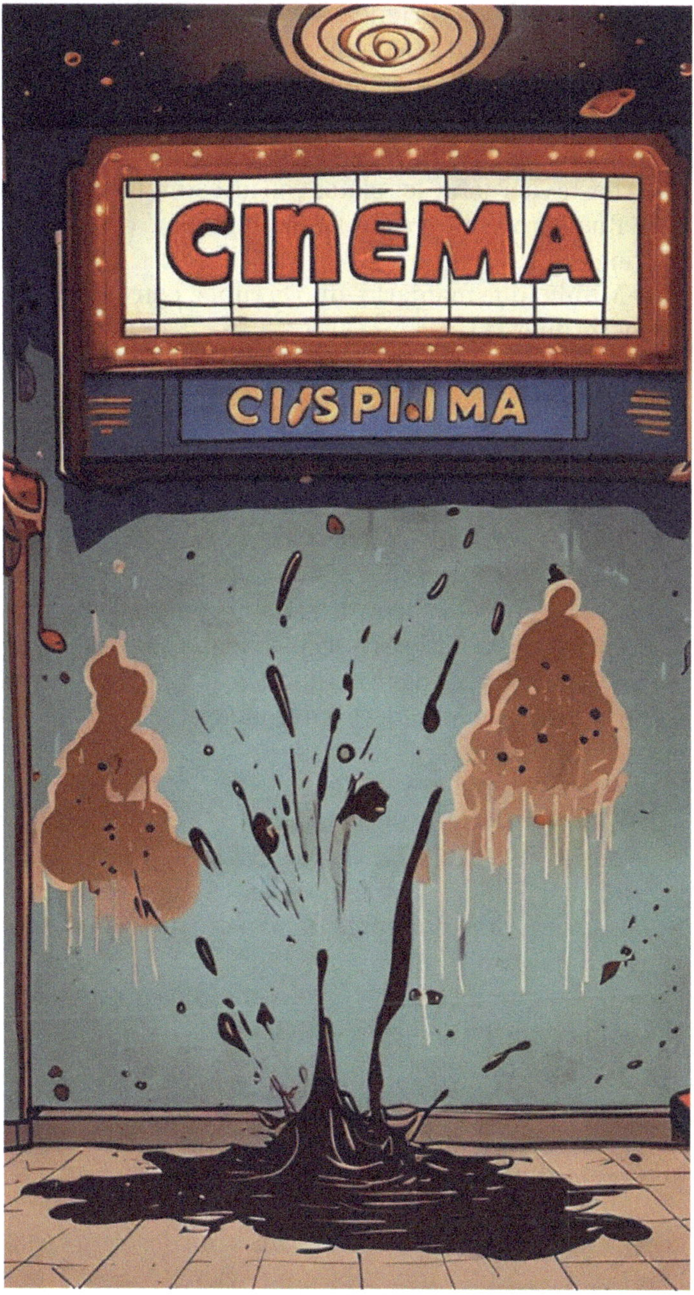
CINEMA

—Vamos vieja, abriendo los cantos. Ustedes vayan acercando los platitos, ¿si chicos? —dijo.

La china se levantó la pollera, se puso en cuclillas y comenzó a cagar mientras gruñía palabras ininteligibles. El pastiche marrón se deslizó por una canaleta desde la jaula hasta caer sobre los platos con un estimulante ¡plop!

—Buen provecho —dijo el mozo, y se alejó rascándose la oreja.

—Mhhh, ¡que manjar! —dijo la rubia, con los dientes llenos de mierda.

La vieja le tiró un escupitajo a Bulacio y le acertó en un ojo. El mozo volvió al trote y la azuzó con el palo.

—¿Qué hacemos jodiendo a los clientes, vieja? Chinos de mierda...

—Dime ¿Qué tipo de películas le gusta a una persona como tú? —preguntó la rubia

—Las de coger —contestó Bulacio.

—Ah, coger. Debe ser un director nuevo. A mí me gusta David Lynch. Este sitio es muy lyncheano, ¿no crees?

—Y, en Villa Lynch hay cada uno. El otro día encontraron a una banda de chimpancés entrenados que metían LSD en caramelos fizz.

—Agrev al rapuhc oreiuq et.

—¿Eh? ¿Qué carajo decís?

—AGREV AL RAPUHC OREIUQ ET —repitió la rubia.

—¡China de mierda, me intoxicaste a la mina! —dijo Bulacio, tirándole una miga de pan que la vieja atrapó con los dientes.

—Sabes que dicen que esta comida es afrodisíaca. Háblame como en una película sucia.

—Ah, ¿querés verga?

—Agrev al rapuhc oreiuq et.

—Pero hablá bien pelotuda, ¡parece que estás hablando al revés! —dijo Bulacio, perdiendo la paciencia.

Saltó sobre la mesa, se bajó la bragueta y le metió la chota en la boca. La rubia mostraba gran destreza en las artes linguales. La china aplaudía, y de vez en cuando se arrodillaba para lamerle la oreja a Bulacio. Cuando el epílogo se aproximaba, se la sacó de la boca y le bajó el top, dejando al descubierto dos melones maduros, que fueron embadurnados con salsa blanca.

—Oh, qué placer. Paguemos y vayamos a un lugar más tranquilo.

Cuando la rubia dijo "paguemos", Bulacio cayó en la cuenta de que no tenía ni una moneda encima.

—¡Qué percance! Garçon, nos hemos dado cuenta de que no tenemos dinero ¿Cómo podríamos solucionarlo? —le dijo la rubia al mozo.

—Ningún problema. Tenemos una línea de créditos flexibles que implica una mínima garantía. Cuando puedan abonar, se devuelve el depósito.

—¿Y cuál es el depósito? —preguntó Bulacio.

—Un huevo.

—¿Qué?

—Un huevo. Es un procedimiento muy sencillo en el cual mi señora se lo extirpa, lo pone en salmuera y, cuando vuelva a abonar, se lo coloca de nuevo. Claro que si no vuelve a pagar en tres días, lo ponemos en la carta del día. A los turistas les encantan los huevos.

—Me gustan los huevos jóvenes porque son más redonditos y esponjosos —dijo una voz desde algún lado de la cocina.

Bulacio empalideció. Ni en pedo dejaría que le corten un huevo, pero sin plata con la que pagar, parecía ser la única salida. A menos que...

Bulacio se aferró a la base de la jaula y comenzó a girarla, enroscando las cadenas que la sostenían desde el techo. La vieja se sacudía, tropezando y golpeándose contra los barrotes.

—Pero, ¿qué hace joven? —dijo el mozo.

Entonces, con la fuerza de un sapucay, soltó la base de la jaula y gritó:

—¡LICUADORA CHINAAAAA!

La jaula comenzó a girar como un ventilador. El mareo y la fuerza centrífuga hicieron su trabajo, y la vieja empezó a pintar de vómito y mierda todo el recinto. Aprovechando la confusión, Bulacio salió corriendo con la rubia atrás.

—¡Un huevo! ¡Me deben un huevo! —gritó el mozo a la distancia.

El azar une partes peligrosas.

—Eres tan intrépido, Bulacio. Déjame que te guíe por los reductos cinéfilos de la city —dijo la rubia.

Llegaron a un bar en la periferia de la ciudad. Adentro, un cartel rezaba:

CINEMA.
LA NUEVA SANGRE DEL TERROR.

—¿Acaso alguna vez se preguntaron por qué no se les da pelota a las nuevas películas de terror? Películas como las de este grupo —preguntó un monigote anabolizado que parecía liderar al grupo.

—Porque son una mierda —contestó Bulacio, escondido en la última fila.

—Oh, siempre tienes la definición acertada sobre el arte —dijo la rubia.

—Muy gracioso. Déjenme decirles: hay un complot para que nuestras obras no trasciendan porque son peligrosas. Escuchamos heavy metal, podemos infestar sus mentes. Somos el caos reptante que susurra pesadillas en sus almohadas.

—¡Muerde almohada, putito! —volvió a gritar Bulacio.

Alguien entró, y la puerta chirrió como el cartel de una estación de servicio abandonada en una película de los ochenta.

—lanifle amixorpa euq oerc —dijo la rubia, murmurando

al oído de Bulacio.

—¿Otra vez hablando al revés, pelotuda? Vamos a coger ahí atrás.

La puerta continuaba chirriando. El monigote y su plebe comenzaron a pedirle dinero al público.

—Somos artistas, lo juramos —dijo el monigote.

Y entonces, con la furia de un judío prestamista, la puerta estalló por los aires.

—¿DÓNDE ESTÁ MI HUEVO? —rugió una voz.

El mozo de The Cage, secundado por una decena de demonios que parecían salidos de la hinchada de Defensa y Justicia, arremetió contra el público.

—Hay un olor a huevo tremendo, tiene que estar por acá. ¡Nadie caga a Nicolás Cage!

—A ver, sepamos respetarnos. Acá estamos nosotros diciendo por qué nuestro grupo es tan importante para la cultura, así que no pueden venir a...

Pero el monigote no pudo terminar la frase. Un demonio levantó su cuerpo anabolizado sosteniéndolo en el aire. El mozo se acercó, le bajó los pantalones dejando al descubierto un miembro del tamaño de una tutuca y, acto seguido, le fileteó un huevo.

—AAAGGGHHH.

—AAAGGGGHHH las pelotas. Con este huevo tamaño canica no hago un joraca, mi jermu me va a cagar a pedos. Pero algo es algo. Si lo ves al putito ese que me debe, me lo traés al local y te devolvemos la canica. Digo, el huevo. Je.

Mientras tanto, escondidos tras las cortinas al final del salón, Bulacio le peinaba la almeja a la rubia, mientras ella cantaba "This is the end" con el micrófono de carne.

CARTAS DE UNA GERONTO-LOVER

Natalia B. Alvez

15 de julio

Deseo que mis sentimientos te lleguen en esta carta, así como llegaste a mí aquella noche y me regalaste la dicha de probar tu vigorosa pitón. Estoy escribiendo esto mientras Gilbert duerme. Lo amo, de eso no caben dudas, pero mi "Victoria" necesita más que su amor. Victoria llamo a mi vagina, porque los mejores gozos de la vida los experimento con mi cuerpo, y puedo asegurarte de que el orgasmo triple que me diste fue la gloria. ¡Y ya mismo quisiera repetirlo! Con esa anaconda tuya quisiera coronar mi vejez. De solo recordarla se me hace agua la Victoria.

PD: Tu mamita te va a estar esperando en la camita esta noche. Que mi marido no te limite. Podés sacarle brillo a mi cueva cuanto quieras.

Con ternura,
Tu Torqui.

17 de julio

Esta es la segunda carta que te envío y te informo que mi paciencia se está agotando. Mi "Victoria" necesita un poco de tu amor venoso. Desde que mi estúpido esposo nos cago eso hermoso que tuvimos, no hay escoba, cucharón o escobillón que me haga sentir plena. Con Gilbert intentamos nuevas ideas, y no voy a negarte que hubo noches en que encontré consuelo en sus brazos dentro de mí, pero no es suficiente. Te necesito, caramelito.

PD: No me hagas ir a buscarte a la alcantarilla, que soy una dama.

Atentamente,
Torcacia.

22 de julio

Llevo días esperando pacientemente tu llegada, soñando que entrás por la ventana y me sorprendés a mitad de la noche cual ladrón para llenarme todo el culito con esa bendición que te cuelga. Pero si siquiera respondes mis cartas, y empiezo a sospechar que sos un verdadero calienta-pava: pusiste a calentar el agua y ahora no te querés tomar el mate. Ya no puedo confiar en vos, estoy muy decepcionada.

PD: Un consejo: usa condón; no vaya a ser que embaraces a alguna y la descartes como hiciste conmigo, sinvergüenza. Conmigo no corrías ese riesgo, pero perdiste la oportunidad. ¡Andáte a la puta que te parió!

32 de julio

Antes que nada, quisiera pedir disculpas por haber sido grosera en mi última misiva. Seguramente se debió a un desajuste tiroideo. Entiendo que no es correcto mostrarme tan desesperada, pero es innegable que es así como me siento; o mejor dicho mi "Victoria" que, toda deprimida y deseosa, no encuentra modo de volver a tenerte. Ella lo suplica, me lo susurra en sueños. Gotea a toda hora.

PD: ¡Pasáme tu dirección que estoy lista para ir a buscarte! Llevo la dentadura y mucho gel lubricante.

Tuya,
Torcasia.

VACACIONES DE VERANO

Cristian R. Melis

Gertrudis metió una mano morcillona en la lonchera que reposaba sobre su falda y tomó un emparedado triple de caballa y cantimpalo. Le entró un mordisco que hizo que buena parte de la mayonesa que traía salpicara el respaldo del asiento de adelante.

—Ay amiga, no sé cómo es que no te cansás —acotó Isidra, sentada a su lado—. Es el octavo sándwich que te comés y...

La gorda giró la cabeza y le dio una mirada despectiva. Un poco de aderezo le manchaba la barbilla.

—¿Y qué?

—Bueno, yo... —Isidra pensó bien lo que iba a decir—, creí que tal vez sería buena idea que dejaras algo para cuando lleguemos, ¿no te parece?

Gertrudis se devoró el trozo que quedaba del bocadillo y se limpió los restos con el dorso de la mano. La tarada tenía razón. Necesitaban contar con algo de comida para cuando llegaran. Pero el viaje de más de catorce horas en autobús se estaba volviendo demasiado agobiante, y, por alguna extraña razón, el constante zarandeo y el extremo calor que se sentía allí dentro no hacían más que abrirle el apetito.

—A ver boluda, ¿qué no entendiste cuando dije que tenía hambre? —le soltó con la boca llena de caballa—. ¿No escuchás cómo me ruge la panza o sos sorda?

En ese momento, un enérgico bramido gástrico confirmó sus palabras.

—Te lo dije: Mi cuerpo necesita combustible, y si no se lo doy... mi dieta podría desequilibrarse. Y eso es algo que ni mi nutriólogo ni yo queremos. —agregó en lo que iba a por otro sándwich. El movimiento de su cuerpo hizo que su amiga estuviera a nada de caer de la silla sobre la que apenas conseguía posar una nalga. La otra, totalmente entumecida, colgaba en el aire fuera del asiento.

¿Qué mierda estaba pensando en el momento en que acepté venir?, se preguntó Isidra mientras soltaba un suspiro. Estaba incómoda, y realmente tenía motivos de sobra para estarlo. En primer lugar, la parejita sentada detrás llevaba rato pateando el respaldo de su silla cual panda de mongoloides. Luego estaba el señor mayor del fondo, que roncaba como si se hubiese tragado la puta dentadura. Después venía el copiloto, que cada dos por tres cruzaba el pasillo con una linterna LED que, si te daba de lleno en la cara, te dejaba ciego.

Y si al calvario le faltaba algo...

¡Pfffffffff!

...ahí estaban los pedos de su mejor amiga, cuyo hedor era comparable con la peste fermentada en el estómago de una vaca embichada. Solo que estos además de fétidos eran húmedos, como si su esencia estuviese envuelta en algo así como una especie de estela vaporosa. Isidra podía dar fe de ello con ver las ventanas completamente empañadas.

Tenía razones suficientes para estar irritada y, sin embargo, era consciente de que no estaba en posición de protestar, ya que como bien se le recordó antes de embarcar, los gastos del viaje en autobús y la estadía en un hostal corrieron por cuenta de Gertrudis, lo que solo la dejaba con derecho a tragarse sus propias quejas.

Preferiría chupársela a un vagabundo en un baño público ahora mismo que escuchar los sonidos que hace esta piba al masticar, se dijo mientras con una mano se abanicaba el calor de la cara. ¡Carajos! ¿Cuántos grados hacía? El interior se sentía como una maldita sauna. El aire acondicionado debía estar roto; eso o el pelotudo del chofer erró el botón y en su lugar encendió la puta calefacción.

No contaba con un espejo, pero estaba segura de que debía tener la cara roja como un brasero. Gotas de sudor le resbalaban por la frente y caían sobre la pernera de su pantalón, formando grandes manchones. Se molestó consigo misma por traer ropa elastizada, pero minutos más tarde agradeció haberlo hecho en cuanto su concha se vio asaltada por una repentina comezón.

¡Ay, no, no!

La sensación era la de un pirómano apuntando un soplete directo a su escupe-bebé, incendiando a su paso todo el monte púbico circundante. Isidra estiró el elástico de su pantalón y lo que vio la sorprendió.

Una sustancia lechosa recorría lentamente sus enrojecidos labios vaginales. Curiosa, cogió un poco en un dedo, se lo llevó a la nariz y...

¡Cof! ¡Cof!

...tosió al inhalar lo que solo podría describirse como vaho de paella rancia. Una peste tan virulenta que era un verdadero milagro que no perdiese el conocimiento in situ.

¡Mierda! Esto pega más que la cocaína.

Mareada, sacudió la cabeza en un intento por quitarse el cosquilleo en el cerebro. El picor del chile clitórico la obligó a cerrar los ojos y respirar hondo cuando de pronto el asiento debajo de ella vibró intensamente. Al principio pensó que se trataba de un bache en el camino, pero en cuanto oyó la barriga de su amiga gruñir como si albergara una jauría de bull-terriers rabiosos, supo enseguida a qué se debía.

¡Cof! ¡Cof! ¡COF!

Gertrudis dio un mordisco al suculento emparedado que tenía entre manos antes de volverse hacia ella.

—¿Qué carajo tenés ahora? —dijo adusta. Migas de tocino y restos de salsa teriyaki caían sobre sus planetarias tetas.

—Ay amiga, no aguanto más. No puedo seguir soportando esto, te juro.

—¿De qué hablás?

—¡De que te volviste a cagar, boluda!

—¡¿Qué decís?! ¡Yo no me cagué! —negó la gorda—. Que se me escapó un pedo no te lo voy a negar, pero...

—¿Un pedo? Amiga, te venís pedorreando desde que salimos.

La cara de Gertrudis se puso escarlata ante el comentario.

—A ver, nena. Te recuerdo que este viaje fue idea mía, como mía también fue la guita que puse para que pudieras venir. Si no fuera por mi enorme generosidad, ahora mismo estarías entregándole el culo al conserje municipal para que te deje entrar a la pileta.

—Yo solo...

—¡Ya basta! No quiero escucharte más. —Gertrudis volvió la vista al frente, aunque continuó rezongando por lo bajo—: Pendeja desagradecida. Se la pasa tragando semen a domicilio por dos mangos y ahora rezonga por un pedo.

Isidra no llegó a oír esto último, y mucho menos interpretar los gestos groseros que esta le dedicaba, acompañados a ratos por miraditas cargadas de profundo odio.

—Perdón —fue lo mejor que se le ocurrió antes de ocuparse nuevamente de la picazón que tanto la aquejaba.

Pero Gertrudis, lejos de tomar esto como una bandera blanca de rendición, redobló su enojo contraatacando con...

¡PPPPFFFFFFFFFFFFFFFF!

...la peor flatulencia alojada en sus intestinos. El flato sacudió el autobús como si hubiese sido alcanzado por un misil balístico. Los pasajeros que dormían abrieron

grandes los ojos ante la explosión en lo que una nube fétida sobrevolaba el techo.
Entonces, alguien vomitó en el fondo.
Luego otro en el frente.
Uno más a la derecha.
Y otro a la izquierda.
Para cuando Isidra quiso darse cuenta, estaba lanzando lo que había comido esa tarde, contribuyendo involuntariamente a la corriente compuesta de bilis y restos semidigeridos que cubría buena parte del piso.
—¡AAAAAAAHHHHHHH! —gritó cuando un condón usado, arrastrado por la misma ola, se le adhirió a la pantorrilla. El aire abandonó sus pulmones y perdió la conciencia. Su cabeza se estampó contra el respaldo de la butaca de adelante y sus brazos quedaron colgando flojos entre sus piernas.

Mientras rebuscaba en la lonchera algo más que llevarse a la boca, Gertrudis dio un codazo a su amiga entre las costillas y exclamó—: Che boluda, me parece que esta vez me embarré la chabomba...

***

PLAYA NUDISTA "BRISAS DE PANOCHA"
COSTA MIRADORENSE.

Acostada en la arena, Isidra disfrutaba de una extraordinaria mañana soleada. Un par de ojotas y una pequeña conservadora llena de tortas heladas y latas de cerveza yacía a su lado.
¡Esto es el paraíso!, reconoció en lo que se ponía boca arriba. Llevaba un buen rato dándole la espalda al sol, lo que por supuesto hizo que se le pelaran las cachas. Un par apetitoso que nada tenía que envidiar a su carnoso tren delantero, cuyos timbres (las perillas de una estufa a gas) se alzaban cual templo azteca en la cima de cada seno.

Isidra cerró los ojos e intentó dormir mientras millones de rayos ultravioleta aterrizaban sobre su torso y sus piernas desprovistas de bloqueador. Se sentía de maravillas. De vez en cuando alcanzaba a distinguir sombras pasar detrás de sus párpados, acompañadas de cuchicheos y comentarios tales como: "¡Esas tetas hacen que mi pito babee!"; "¡Oh mierda! Ahora tendré que internarme entre los matorrales para aligerar esta carga"; "Oigan chicos, van a tener que boxearme las bolas si no quieren verme la chota así de parada". A lo que ella se mostró sonriente en cada ocasión, ya que no iba a permitir que nada le arruinase el momento.

Bueno, nada excepto...

—¿Qué carajos? —soltó en cuanto algo cayó en su escote.

Abrió rápidamente los ojos y lo primero que vio fue un sol radiante medio eclipsado por una pelota. Lo segundo que notó fue que en realidad no se trataba de una pelota, sino de una barriga gorda y peluda. Y lo siguiente fue descubrir que su dueño se estaba...

—¡Oooooohhhhh!

...¡PAJEANDO FRENTE A ELLA!

Isidra no reaccionó hasta que el tipo se exprimió las últimas gotas y regresó su verga semi erecta de nuevo al calzón. Tres gotones grumosos con olor a amoníaco aterrizaron en el hueco entre sus senos.

—¡¡AAAHHHH!! ¡¡QUÉ AAASCO!! —chilló como una posesa.

—Por cierto —dijo este, pasándole una pierna por encima—, felicítame a tu papi por el juego de siliconas que mandó a instalarte.

Desesperada, Isidra manoteó lo que encontró a mano para quitarse el pegote, manchándose los dedos con el chocolate derretido que había en el interior de un envoltorio.

—¡¡HIJO DE PUTAAAA!!

Pero el hombre ya se había alejado.

—¡JA! ¡JA! ¡JA!

Isidra se inclinó un poco en el lugar con ayuda de los codos y miró a su izquierda, donde una mujer bastante entrada en años no le quitaba los ojos de encima. Una muda de piel la recubría de arriba abajo cual traje de tela corrugada. Las tetas le caían a ambos lados de las axilas, y su vulva se veía como un pedazo de tocino asándose en una parrilla.

—¿Qué es tan gracioso, eh? ¿No vio lo que ese degenerado acaba de hacer? —probó palar el hediondo souvenir con la punta del envoltorio, pero no lo consiguió—. ¡MIERDA!

La mujer dejó de reír.

—Déjame decirte una cosa, chiquita. Por si aún no te enteras, estamos en una playa nudista. Aquí todo el mundo viene a pasearse en pelotas y... bueno, a darse algún gustito cuando se puede.

Isidra se sintió indignada por el comentario.

—¿Un gustito, dice? ¡Ese hijo de puta acaba de eyacular sobre mis tetas!

—Verás, si yo fuera él habría hecho lo mismo. Viéndote así de regalada...

—¡¿Qué?! ¡¿Acaso insinúa que soy una puta?!

La señora tragó saliva ante la expresión de la jovencita.

—Oh no, no. No me malinterpretes. Lo que quiero decir es... —se acomodó los pocos mechones de pelo que le quedaban para que el viento no se los llevara—. Echa un vistazo a tu alrededor, ¿quieres?

—¿Eh?

La mujer apuntó con un dedo huesudo en dirección a la garita de los guardavidas, donde una chica se hallaba completamente abierta de piernas en lo que un perro callejero la embestía furiosamente. Isidra sintió que se le revolvían las entrañas.

—Espera, aún falta más. Mira eso.

A pocos metros de allí, un espectáculo aún más depravado estaba en curso. Esta vez se trataba de un negro, en cuya mano podía apreciarse un palo de remo envaselinado. El hombre enseñó el objeto al público reunido al tiempo que una anciana (que se veía bastante artrítica) se ubicaba a cuatro patas delante de él. Entonces, utilizando la mano que le quedaba libre, el showman ayudó a la veterana con la apertura de sus cantos.

—¡Madre santa! —exclamó alguien al ver que un extremo del remo era prendido fuego.

La mujer a su lado soltó una risita justo cuando el trasero de la vieja era dolorosamente empalado. Un coro de asombro estalló entre la multitud. Parecía imposible que un colon humano fuese capaz de alojar semejante bastón, pero Isidra podía jurar que por su estrangulador de glandes habían pasado cosas realmente monstruosas, así que no se sorprendió.

—¿Ahora entiendes de qué hablo?

Isidra regresó la vista a la mujer.

—Deberías agradecer que ese hijo de puta, como lo llamaste, no se vino en tu boca. Mi consejo: la próxima procura no dormirte si no quieres terminar con la cara repleta de gusanos testiculares.

—L-Lo tendré en cuenta —dijo Isidra, asqueada—. Gracias.

Dicho esto, la señora dejó de hablar y se tumbó de lado.

Isidra bajó la cabeza y miró el pegote entre sus tetas. No tenía con que quitárselo, por lo que no tuvo opción más que levantarse e ir a por un poco de agua.

—¡¡¡Eeeey!!! —gritó al ver a su amiga parada a orillas del mar. A medida que se fue acercando, pudo ver con mayor detalle el desastre que era su figura.

Su espalda se veía como la de un vikingo, solo que más ancha y socavada de pliegues adiposos. Tantos que uno fallaría miserablemente en el intento de contarlos. Luego venían las nalgas, que semejaban dos costales de harina tan apretados que apenas se distinguía la raya del culo. Un culo que dejaba a las claras que alguna vez fue campo de batalla de un feroz acné tardío. Algunos cráteres todavía se adivinaban aquí y allá.

—¿Dónde mierda andabas? —le soltó esta, volviéndose hacia ella—. Te estaba buscando.

—Ay amiga, no me lo vas a creer.

—Desembuchá, tarada.

Isidra habló mientras se internaban juntas en el agua.

—Estaba tomando el sol cuando un tipo llegó, se paró delante de mí y comenzó a masturbarse hasta que eyaculó sobre mis pechos, ¿podés creerlo?

Gertrudis la miró con desconfianza.

—No me digas que te trajiste el laburo a la playa.

—Ay no. ¿Qué decís?

—Y qué sé yo. Vos sos muy puta.

Isidra le sacó la lengua en el instante en que un banana boat pasaba junto a ellas, empapándolas de arriba abajo.

—¡¡¡LA CONCHA DE TU MADRE!!! —berreó Gertrudis luego de escupir una buena cantidad de agua salada.

—Está helada —acotó Isidra, tiritando de frío. Cada ola que acariciaba su espalda se sentía como la gélida mano de la muerte—. ¿Q-Qué te parece si mejor regresamos?

La gorda se tapó un orificio de la nariz y exhaló fuerte por el otro, disparando un suculento flemón verdoso.

—Nena, ¿sos estúpida o te hacés? Vinimos a meternos al mar.

Isidra asintió. En el fondo temía cruzarse con el bote de algún pescador descuidado que, en su afán de llevar algo a casa, arponeara por error a su amiga confundiéndola con una foca.

—A que no podés hacer esto. —dijo la gorda y se zambulló en el agua.

Entonces, sus piernas (rechonchas como dos gordos perniles de cerdo) asomaron a la superficie y, sin mucho control corporal, comenzó a hacer tijeras. La demostración no duró mucho, pero bastó para que Isidra enmudeciera al ver la boquilla fruncida de su ano en primer plano.

—N-No puedo hacerlo —dijo, traumatizada.

Gertrudis escupió un poco de agua.

—¡Lo sabía! —espetó—. Y siendo sincera, no me sorprende. No es culpa tuya que tu madre no te haya fabricado un cerebro cuando aún estabas en su vientre.

Isidra no supo qué responder.

—En cambio yo... —continuó diciendo la gorda cuando de pronto recordó algo—. ¡¡¡Boluda!!! ¡¡¡Mis tortas heladas!!!

—¿Qué tienen?

—¡¡Necesito comer mis tortas heladas!!

—¿Eh? ¿Cuándo?

—¡¡AHORA MISMO O ROMPERÉ LA MALDITA DIETA!!

Isidra se cubrió los oídos ante el griterío y volteó en dirección a la orilla.

—¡¡MIERDA!! Nos alejamos demasiado —exclamó—. Deberíamos regresar. Vamos amiga, nademos.

—¡No! Apenas consigo hacer pie.

Gertrudis estaba que se iba para abajo en cualquier momento.

—Un minuto. ¿Acaso...?

—¡Sí! ¡Sí! No sé nadar, ¿y qué? Tampoco sé cuánto tiempo más pueda mantenerme a flote. ¡Ay, ay, ay! ¡Me hundo! Tenés que ayudarme.

—P-Pero...

—¡AYUDÁME, CARAJO!

Isidra se acercó rápidamente y le pidió que pasase un brazo por encima de su hombro. No estaba convencida de que fueran a lograrlo, pero no iba a darse por vencida. Arrastraría a su amiga hasta la orilla así pesase lo que un mediomundo lleno de cornalitos. Por lo que nadó tanto como pudo con el único brazo que le quedaba libre. Cada tanto hacía una pausa para tomar el aire y luego seguir avanzando hacia delante.

Pero la orilla parecía alejarse un kilómetro por cada braceada que daba. Tenía que esforzarse más. Sin embargo, a cada segundo se sentía más y más debilitada. Le dolían los pulmones, y las piernas ya empezaban a entumecerse. Para mayor inri: su amiga no paraba de exigirle que se apresurara. La muy glotona solo pensaba en llegar antes de que sus putas tortas heladas se derritieran.

—No doy más.
—¿Qué dijiste?
—C-Creo que voy a...

Isidra no terminó la frase que se hundió en el agua.

—¡Pendeja y la concha de...! —soltó Gertrudis, quien, ceñida a su cuello, la siguió hasta el fondo del mar.

¡Glu! ¡Glu!
¡Glu!

***

Isidra y Gertrudis fueron arrastradas por una corriente atestada de una absurda fauna acuática. Juntas tragaron más agua que un cetáceo y sus cuerpos se vieron de repente manoseados por una descarada banda de pejerreyes telefónicos. A trompadas, la gorda consiguió arrojar a varios de ellos fuera de la rompiente mientras su amiga se cubría las tetas con las manos para impedir que se las mordieran.

—No es posible —exclamó Gertrudis al ver un ejército de cebras de mar acercándose por detrás. Las perras venían fuertemente armadas.

—¡Estamos fritas! —Isidra escupió lo primero que alcanzó a procesar—. Ay no, nos van a hacer cagar.

Gertrudis adoptó su posición favorita de sumo.

—¡Cerrá el orto! Fuiste vos quien nos metió en esto, así que más vale que te pares de manos.

Dicho y hecho. Más pronto que tarde, Isidra se vio

obligada a lanzar un zurdazo a un intrépido pejerrey telefónico que se le abalanzó encima. Su boca colmada de afilados dientitos tenía como objetivo arrancarle un pezón. Por fortuna, el puñetazo consiguió enviarlo donde el ejército de cebras aguardaba atacar. Se oyó una voz mecánica que decía: "El número solicitado no corresponde a un abonado en servicio", y luego...

¡BOOOM!

...una explosión que hizo a todo el mundo retroceder.

¡Cof!

¡Cof! ¡Cof!

En cuanto el humo se disipó, Gertrudis readoptó su pose de combate.

—A qué esperan, ¿eh? ¡Vamos! ¡Vengan de a una, putitas!

Una cebra con más rayas blancas que la mesada de un cocainómano dio un paso al frente con los puños en alto.

—¿Oyeron eso, chicas? —habló la aparente líder del grupo—. La vaquillona aquí nos está desafiando. ¿Alguien quiere contarle lo que les hacemos a quienes osan provocarnos?

—¡Las despellejamos vivas! —siseó una del montón—. Y su piel la usamos de abrigo.

Al oír eso, Isidra sintió que un chorro de caca líquida abandonaba su trasero para sumarse a la corriente. Miró en la dirección que este viajaba, y fue entonces que se percató de que el excremento era absorbido a través de algo así como una especie de agujero de aire. Por un momento se quedó como empelotudizada, con la lengua colgando fuera de su boca mientras contemplaba los vórtices de aquella grieta como si se hallase ante un revolucionario descubrimiento científico.

Entretanto, la distancia entre ambos bandos comenzaba lentamente a acortarse. Las hijas de perra avanzaban babeando y blandiendo sus armas con notoria destreza. Isidra volvió la mirada hacia su amiga, que no bajaba ni por un segundo la guardia, y luego una vez más a la abertura. Entonces se le ocurrió una idea brillante. Una que no parecía propia de alguien con su cerebro.

Nadó hacia su amiga y le contó su plan al oído.

Gertrudis asintió con la cabeza y le guiñó un ojo a modo de complicidad. Isidra supo enseguida lo que tenía que hacer.

—¡CORRÉ, BOLUDA! ¡CORRÉ!

La caterva de cebras se alborotó al ver que una de sus presas escapaba.

Gertrudis aprovechó la distracción para conectarle un uppercut en la pera a la que tenía más cerca. En cuanto esta comenzó a chorrear sangre por la nariz, no dudó en darse a la fuga.

Ahora juntas, las entrañables amigas escapaban con el corazón desbocado dentro del pecho al tiempo que debían sortear una gran cantidad de proyectiles.

Una lanza rozó la cabeza de Isidra.

El extremo romo de un hacha pasó por entremedio de las piernas de Gertrudis, haciéndola trastabillar.

—¡Ya casi llegamos! ¡Vamos! ¡No te detengas! —gritó Isidra al ver por el rabillo del ojo que Gertrudis volteaba a enseñarle el dedo medio al malón armado que prácticamente venía pisándoles los talones.

Su respuesta no tardó en llegar.

Un pejerrey telefónico voló y aterrizó unos metros delante de ellas. Espoleada por la adrenalina, Gertrudis metió un pique impropio de alguien de su tamaño y la pateó de vuelta al remitente.

—¡AHÍ TE VA, CONCHUDA!

Una fuerte explosión sacudió los confines de aquel absurdo viaducto oceánico. El pelotón detrás se detuvo ante un posible derrumbe.

Isidra alcanzó el agujero, tomó impulso y...

—¡AAAAAAHHHHH!

... se dejó caer...

—¡AAAAAAAAAHHHHH!

...seguida de su amiga.

La corriente sobre sus cabezas siguió su curso como si de un tren bala se tratase. Atrás quedaba la cuadrilla de locas asesinas y sus estúpidos peces-granada.

—¡AAAAHHHH! ¡VAMOS A MORIR!

—¡¡AMIGA, DAME LA MANO!!

Gertrudis le lanzó una patada en su lugar, pero falló.

—¡VOY A MORIR! ¡Y TODO POR TU CULPA, HIJA DE PUTA!

Cuarenta metros las separaba del suelo.

—¡NINGUNA VA A MORIR! ¡SOLO CONFIÁ EN MÍ Y DAME LA MANO!

—¡ANDÁTE A LA CONCHA DE TU HERMANA!

Isidra nadó hacia ella.

Treinta metros.

Un banco de medusas tecnicolor se acercaba por la derecha.

—¡SOLTÁME, FORRA!

—¡¡¡SOLO DAME LA MALDITA MANO!!!

Quince.

Harta de su capricho, Isidra le pegó un roscazo en la cabeza que le reinició todo el sistema operativo neuronal.

Doce.

La sujetó de una axila.

Diez metros.

Pataleando como rana intentó frenar la caída...

Seis.

...el tiempo suficiente para que...

Tres.

¡Plump!

...juntas aterrizaran encima del bendito enjambre de aguamalas que, convenientemente, por allí pasaba. Sus cuerpos blandos y resbaladizos recibieron todo el impacto, sucumbiendo la mayoría en el acto.

—¡Lo logramos! —vitoreó Isidra, ahora con los pies

en la tierra.

Tumbada boca abajo, Gertrudis le dio un pulgar arriba antes de desaparecer detrás de una cortina espiralada de burbujas.

—¡Ups! Se me escapó —dijo, y extendió una mano hacia su amiga.

Evitando acercarse demasiado a las bombas de olor, Isidra la ayudó a levantarse. El esfuerzo le valió el entumecimiento de las muñecas.

Una vez parada, la gorda se sacó una medusa muerta del culo y la arrojó a un lado.

—¿Dónde mierda estamos? —soltó en lo que echaban un vistazo alrededor.

El terreno era mayoritariamente rocoso, con huecos que hacían las veces de hogar para los crustáceos, las ostras, los percebes y demás criaturas marinas. Un escenario bastante colorido con todas esas algas y plantas saliendo de entre los corales, todo ello meciéndose al compás de una corriente cálida que brindaba la sensación de estar en el cielo.

—No tengo idea —reconoció Isidra mientras avanzaban por un sendero arenoso—. Pero decime si este lugar no es una hermosura.

A su lado, Gertrudis arrancó un alga del suelo y le dio un mordisco. La cosa le supo a kimchi pasado de sal.

—Esta porquería sabe horrible —soltó tras escupir el bocado.

Isidra se volvió hacia ella.

—Pero amiga, dale, no todo es comestible en esta vida.

—No, claro que no. Y mi maldita panza no estaría rugiendo ahora mismo si no fuera porque una pendeja tarada buena-para-nada me alejó de mis preciadas tortas heladas.

—Otra vez con....

No hubo terminado que Gertrudis rompió en llanto.

—¡¡TE ODIO!! —le gritó—. ¡¡TE ODIO!! ¡¡NUNCA TE

PERDONARÉ POR ESTO!!

Y sin más, echó a correr hasta perderse de la vista.

Isidra se quedó petrificada en el lugar. No esperaba que su mejor amiga se enojase por algo así. En los años que llevaban de amistad, habían tenido toda clase de discusiones y peleas sin sentido, pero siempre habían hallado juntas el modo de sortear sus diferencias. Discutir o pelear era una cosa, pero escuchar de su boca decir que la odiaba se sentía como...

—¡¡¡OJALÁ NUNCA HUBIESES VENIDO!!!

...una verdadera puñalada al corazón.

Permaneció en silencio por un momento y luego agachó la mirada. Fue entonces que se percató que sus tetas se veían como dos cabezas de enano coloradas, separadas a la altura del escote por una mancha informe del tono original de su piel. Una náusea trepó por su garganta al recordar el sucio pegote que aquel viejo asqueroso había dejado caer en su pecho. Se frotó con una mano y descubrió que estaba limpia, lo que solo explicaba una cosa: El simiente derramado había impedido que el sol bronceara esa zona, dejando en su lugar una marca imposible de ocultar.

Despotricando, avanzó en línea recta por el camino que se extendía por delante, confiada de que Gertrudis no podría haberse alejado demasiado con toda esa... bueno, grasa corporal a cuesta. Ahora que lo pensaba, sentía pena por ella. Desde pequeña, la pobre siempre había sido blanco fácil para las burlas en la escuela. Su figura desmedida le había granjeado un sinfín de apodos denigrantes que no vienen al caso mencionar. En ese momento a nadie parecía importarle un cuerno cómo eso la hacía sentir. Ser obeso no es algo de lo que uno pueda sentirse orgulloso, claro. Sin embargo, ella consideraba su cuerpo como algo digno de mostrar en público. Era realmente llamativo el hecho de que los más de veinte pliegues que colgaban sueltos a los lados de su cintura jamás consiguieron deprimirla, independientemente de la docena de fajas elásticas que en ocasiones utilizaba para disimularlos. Su peso era un caso perdido, un tren urbano sin frenos a punto de descarrilar.

Fuera de eso, era el tipo de compañera que cualquiera quisiera tener. No solo porque tenía un corazón grande como su tobillo, sino que también era una excelente consejera. Siempre estaba ahí para escucharla y criticarla fuertemente, así no fuese necesario. Incluso estuvo en los momentos más picantes de su vida; como esa vez que, a la salida de un boliche, decidió encerrarse con un pibe en el baño. El sinvergüenza le había jurado que no tenía novia, pero minutos más tarde una chica entró pateando la puerta y los atrapó in fraganti. La cosa es que una piña en el ojo del desgraciado fue suficiente para que este escupiera toda su carga en la garganta de Isidra. Gertrudis tuvo que intervenir para evitar que la flaca despechada la amasijara en el lugar.

Sí. Su amiga había hecho mucho por ella; incluso más de lo que ahora creía merecer. ¡Hasta la había traído consigo de vacaciones! Eso no es algo que se encuentre todos los días. Así y todo, ¿qué hizo ella para corresponder a su amabilidad?

La alejé de lo que más le importa: sus tortas heladas.

No fue su intención, pero así sucedieron las cosas.

Y ahora me odia.

Las palabras resonaron en su mente como campanadas fúnebres.

Esta vez es probable que…

De pronto, una idea nefasta asomó entre la maraña de sus pensamientos.

…Ya no quiera seguir siendo mi…

¡NO! No podía perder a su mejor amiga. Había cometido un error, sí, pero todavía estaba a tiempo de remediarlo. Solo tenía que ir tras ella y disculparse. Esperaba de corazón que la perdonara y…

¿Y si ahora mismo se encuentra en apuros?

Apretó el paso.

¿Qué si está siendo atacada por una colosal bestia marina?

Tragó saliva.

En ese caso, ya debe de estar...

Una lágrima rodó por su mejilla.

...¡Muerta y a punto de ser devorada!

Bueno, no, eso era imposible. Por lo que recordaba de las clases de biología, no había criatura sobre el océano que tuviera por dieta consumir tocino a toneladas. No. Así existiera el famoso Megalodón, no creía que fuera muy proclive a llenarse la barriga con carne porcina. Eso, sin embargo, no anulaba el hecho de que muy probablemente la vida de su amiga corría peligro.

Aterrada, avanzó sin mirar atrás hasta encontrarse con que, más adelante, el sendero se bifurcaba. Se detuvo a buscar algún cartel, algo que le indicara qué camino tomar. Pero no fue hasta que bajó la mirada que vio a un animalito durmiendo plácidamente sobre un tronco en mitad del desvío. Una pipa encendida colgaba de su boca.

—D-Disculpe —dijo ella, posando suavemente una mano sobre su hombro.

Este se desperezó antes de abrir un ojo. La miró sin mucho interés al tiempo que, lentamente, se sentaba en el lugar.

—Disculpe que interrumpa su siesta, señor mapache. Me preguntaba si...

—Lémur.

—¿Eh?

—Soy un lémur de mar, jovencita. Los mapaches viven allá arriba —dijo y señaló con un dedo en dirección a la superficie.

—Lo siento. Verá, no fue mi intención molestarlo. Solo me preguntaba si por casualidad vio...

—Preguntas, preguntas, preguntas. —la interrumpió este al tiempo que se arrancaba mechones de pelo del

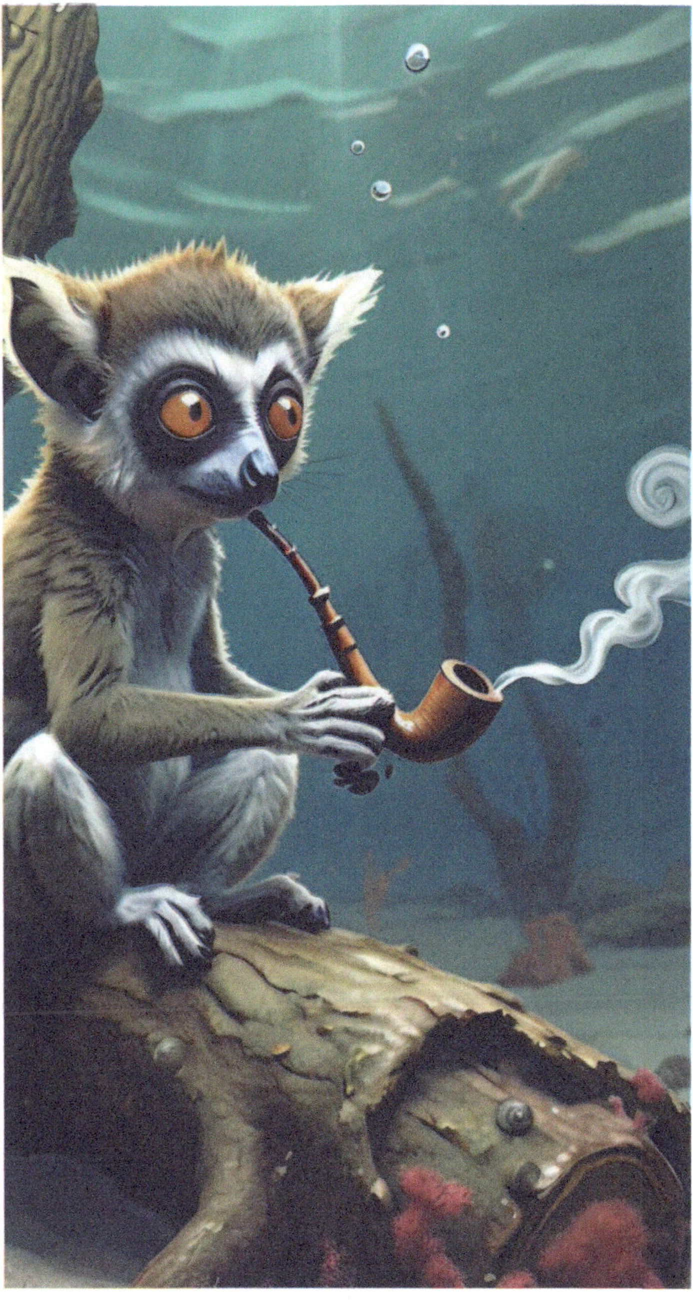

pecho—. Harás que me estalle la cabeza con tantas preguntas, niña.

Isidra no supo qué decir.

—De acuerdo. Contestaré todas tus preguntas si antes respondes las mías. ¿Qué me dices?

—Me parece justo.

El lémur de mar pitó de su pipa y soltó el humo por la boca. Se tomó un tiempo para elaborar bien la pregunta y luego, en un dialecto que no parecía propio de él, dijo—: ¿Acaso podéis vosotros, seres terrestres, considerar "completa" una felatio sin su ulterior ingesta del gel espermático?

Isidra se llevó una mano al mentón, pensativa.

—Perdón. No entendí la pregunta.

El animal puso los ojos en blanco.

—Que si una mamada puede considerarse como tal sin que haya tragadita.

—Para mí sí. Una cosa es un pete y otra muy distinta es tragarse la leche.

—¡NOOOO! —gritó el lémur—. Ambas son parte de una misma acción, puesto que son inescindibles. Encerarse el paladar con una japi y luego escupir el empaste es tan inútil como haber pescado en un lago para después devolver el pez a su hábitat en vez de comerlo. O como extraer agua de un aljibe y, en lugar de beberla, se la regresa al pozo. ¡Es un completo sinsentido!

—Tiene lógica.

—Es tan claro como que no puedes separar el árbol de sus raíces. El alma del cuerpo. La luz de la oscuridad. ¿Lo ves? El uno depende del otro para existir.

Isidra se dejó iluminar por esta nueva e inesperada sabiduría milenaria.

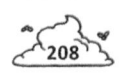

—Bueno, de hecho, cada vez que alguien solicita mis servicios, por lo general cobro una tarifa adicional. Pero ahora, visto desde esta perspectiva, no está bien, ¿verdad? ¡Oh vaya, debo admitir que he estado equivocada todo este tiempo!

—¿Qué es entonces lo que harás de aquí en más, jovencita?

—¡Petearé y tragaré, todo por el mismo precio!

Al oír eso, una sonrisa se formó en la cara del animal.

—Así se habla, niña. El mundo no necesita usureros.

Ella asintió con la cabeza.

—Bien. Ahora dime lo que ibas a preguntarme.

—Quería saber si por casualidad vio pasar a una chica por aquí.

El lémur hizo memoria.

—¡La recuerdo! —dijo al cabo de un tiempo—. Creí que se trataba de un elefante de mar, pero desde que tengo uso de razón jamás he visto a uno llorar tan desconsoladamente. Así que, ahora que lo pienso, puede que no haya sido eso lo que vi, sino a esa chica de la que hablas.

—¡Sí, es mi amiga!

—Definitivamente.

—¿Por dónde se fue?

El animal bajó la cabeza.

—¿Qué pasa?

—La chica cogió el camino de la izquierda.

—Iré por ella.

—Espera. Tienes que saber que existe la posibilidad de que ella...

—¿Qué?

—...se encuentre en serios problemas.

Isidra no esperó más y salió corriendo. Anduvo unos metros y luego regresó donde el lémur.

—Disculpe —dijo, agitada—. ¿Para dónde queda la izquierda?

***

Una hilera de desgarbados sotos se alzaba a los lados del camino como antiguas estructuras monolíticas, de las que asomaban ramas tan largas y delgadas que semejaban zarpas esqueléticas. De vez en cuando, el roce de algún que otro pez desprevenido contra su piel desnuda le arrancaba un gritito. Y cuando eso pasaba, más le valía cerrar la boca si no quería que un maldito kril se le metiera en la garganta. Llevaba tanto rato andando que se sentía agotada, pero no podía relajarse dado que se encontraba en territorio desconocido. No sabía qué cosa podía asaltarla de un instante a otro, así que tenía que mantenerse alerta. Llegado el caso necesitaría algo con lo que defenderse, por lo que se agachó y cogió la primera piedra que vio en el suelo. La apretó fuerte en la mano cuando un pellizco en el dedo gordo hizo que la arrojara a un lado.

—¡Ay, mierda! —aulló, apretándose el dedo.

Esta rebotó dos, tres veces y luego se detuvo.

Un cangrejo salió del interior de lo que ahora podía ver era en realidad una concha y se paró frente a ella.

—¡Eh! ¿Qué hacé, flaca? ¿Cómo me vas a aplastar así el rancho?

Isidra alzó ambas manos en señal pacificadora.

—L-Lo siento, fue una confusión. Creí que era una piedra.

Pero el cangrejo, zarpado como que se sentía por los daños sufridos a su propiedad, se le acercó y, sin darle tiempo a reaccionar, cerró fuertemente sus tenazas sobre el dedo meñique de su pie.

—¡¡¡AAAAAAHHHHHHHHH!!!

—Eso te enseñará a meterte los dedos en la cajeta antes de venir a joderme —dijo este, y se marchó en busca de un nuevo hogar.

Isidra dio pequeños brincos en el lugar con el pie sano mientras se agarraba el otro y gritaba de dolor. El dedo le

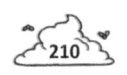

palpitaba incesante.
¡Bicho de mierda!
Incapaz de seguir andando, se sentó en la arena y comenzó a masajearse la hinchazón. En el corto tiempo que estuvo allí sentada, descubrió que las conversaciones entre anémonas eran mucho más interesantes que las que tenía con su madre; que de este lado del arrecife los caracoles vestían de gala para reunirse a tomar el té y charlar de arte; y que los reportes de la cotización bursátil de los residuos no-biodegradables (anunciados por un equipo profesional de peces radio) era considerada prácticamente un servicio a la comunidad toda.

¡Guau! ¡Es increíble!, reconoció, fascinada por las cosas que veían sus ojos. Jamás se habría imaginado que el suelo marítimo contara con espacios bien señalizados (cual dársenas de tránsito), y parquímetros. Tampoco esperaba ver semáforos que sí funcionaran, no como los de su cuadra.

La combineta de urbanización y naturaleza brindaba cierta sensación de familiaridad. Isidra no podía estar más de acuerdo con eso. De hecho, una vez que se levantó y empezó a renguear siguiendo las indicaciones que el lémur le había dado, se topó con una cancha de pádel bastante similar a la que acababan de inaugurar en su barrio. Un grupo de adolescentes en silla de ruedas y con esnórqueles lanzaban raquetazos desaforados justo en su dirección.

¡Plam! ¡Plam! ¡Plam!, se oía una decena de pelotas de tenis estrellarse contra una pared.

Isidra debió ocultarse para que no la notaran. Conocía bien a los hombres y sabía que, así tuviese todo el tiempo del mundo, no había chance de que lograra vaciar, ¿qué? ¿doce pares de bolas? No. Y menos aún si además venían atrofiadas. No iba a dejar que se le echaran encima, así que esperó agazapada detrás de un arbusto y, cuando vio que nadie miraba, cruzó la cancha y continuó su camino.

Delante, el sendero se volvía cada vez más estrecho.

La luz del sol apenas conseguía colarse entre las hojas de las algas, que impávidas ondeaban al compás de la corriente. Con el dedo meñique del pie aun palpitando, Isidra aceleró el paso. Avanzó unos metros hasta que finalmente emergió a lo que, a primera vista, parecía ser un vasto terreno baldío.

No le tomó mucho darse cuenta de que en realidad se trataba de un desguazadero. Una gran cantidad de autopartes afloraba del suelo como si de una siembra de hortalizas se tratara. Chapones, motores y asientos de cuerina por acá; cablerío, vidrio y transistores por allá. Y luego, si uno posaba los ojos justo al final de la finca, podía ver la techumbre de lo que parecía ser una choza bastante herrumbrosa.

Isidra se tragó el miedo que sentía y echó a andar. Esquivó como pudo los despojos de metal oxidado desparramados por todo el predio y se detuvo delante de la propiedad.

Vista ahora de cerca podía decir que se veía mucho peor que de lejos. Su fachada estaba principalmente compuesta por dos grandes ventanales laterales, enmarcados por lo que debía de ser algún tipo de plástico fundido, y una pantalla mosquitera con varios agujeros que hacía las veces de puerta de entrada.

Debe de estar abandonada, dedujo cuando, por el rabillo del ojo, notó un movimiento en la ventana derecha. Por un instante pensó que podría haber alguien dentro, pero enseguida lo descartó. *De seguro lo imaginé*. Una alucinación sin duda atribuible al cansancio. Las piernas le pesaban y el cerebro dentro del cráneo no dejaba de expandirse, provocándole a ratos una horrenda jaqueca. *Vamos. No te detengas*. Apretando los dientes, se obligó a seguir caminando cuando de repente alcanzó a ver una sombra en la ventana.

¡Mierda! No podía irse sin antes corroborarlo, por lo que, medio agachada, se fue acercando lentamente. Una

vez agazapada debajo del marco, estiró un poco el cuello y echó un vistazo al interior.

La vista daba a una humilde cocina, con azulejos de color rosa pastel en las paredes y alacenas flotantes cubiertas con papel tapiz barato. Un extractor de humo en el techo y una pequeña estufa con una única hornalla encendida, sobre la que podía verse a Gertrudis sujetar firmemente una sartén por el mango.

¡Amiga!

Absorta, la gorda tomó un huevo de la canasta de mimbre que había en la mesada a su lado y lo golpeó contra el filo de la sartén. Vertió la yema y la clara dentro y arrojó la cáscara a la basura. Luego, agregó una pizca de sal y lo salteó todo.

¡Oh, qué rico huele!, reconoció Isidra con el estómago rugiente.

La gorda continuó apilando un omelette tras otro en un plato. Un delicioso aroma inundaba la cocina. Poco después, la puerta de la heladera se abrió y la mitad de su cuerpo desapareció de la vista. Con manos presurosas, revolvió lo que había en el interior hasta dar con lo que buscaba.

¿Qué carajos?

Isidra se agachó en cuanto esta miró en su dirección. Esperó un poco antes de volver a mirar.

Sentada ahora a la mesa, Gertrudis abrió un pote con dulce de leche y untó una cantidad bastante generosa sobre un panqueque. Se lo devoró rápido y fue a por otro. Repitió el proceso hasta que se cansó. Entonces, para disgusto de Isidra, tomó el recipiente y dejó caer todo el dulce sobre la montaña de omelette.

¡Guácala! ¡Eso sí que es asqueroso!, se dijo cuando de pronto...

—¿Qué hacés escondiéndote, tarada? ¿Creés que no te vi?

Isidra se puso de pie lentamente.

—¿Pensás quedarte ahí parada como una boluda o vas a entrar?

Sin quitar la mirada del suelo, Isidra caminó hacia la puerta y entró.

Un living con olor a encierro le dio la bienvenida. A la derecha había un extenso sillón hecho con varias butacas de vehículos y, justo enfrente, un televisor de tubo que bien pudo haber sido fabricado a principios del siglo anterior.

¿Qué es este lugar?

Debajo de lo que una vez debió de ser un ventilador de techo (ahora solo contaba con la mitad de las aspas), podía verse una gran mesa ratona decorada con un mantel floral y un jarrón lleno de jazmines, que hacían de la habitación un lugar... bueno, un poco más acogedor.

¡Guau! ¡Mira eso!

Isidra corrió hacia la izquierda, cuya pared estaba sobrecargada con cuadros. Esperaba que fueran fotografías de famosos o imágenes de paisajes coloridos; sin embargo, lo que encontró fue nada menos que viejos retratos familiares.

—¿Qué mierda mirás? —preguntó Gertrudis, saliendo de la cocina con un panqueque enrollado en una mano. Un poco de dulce de leche le manchaba el brazo.

—Todas estas fotos aquí...

—¿Qué tienen?

Isidra se volvió hacia su amiga.

—El dueño de este lugar no tuvo mejor idea que colgar todo el puto árbol genealógico en la pared.

—Sí, ¿y?

—¿Cómo que "y", amiga? ¿No lo ves?

—¿Qué cosa?

Isidra le señaló un retrato al azar. Gertrudis achinó los ojos hasta enfocar bien la imagen.

—¡Nos metimos en la casa de un tiburón, amiga!

La gorda tragó saliva.

—No puede ser.

—Sí. Mira, aquí están todos sus ancestros —dijo esta y pasó a leer los nombres de algunos de ellos—. El tatarabuelo Sharkroto, su chozna materna Sharketa II, el bisabuelo Sharkputian, su abuelo Sharkito el petizo y...

En eso, la puerta de entrada se abrió y alguien entró silbando.

Asustada, Gertrudis corrió a esconderse detrás de Isidra cuando...

Espera. ¡¿Qué?!

...Una tiburona drag queen apareció en el umbral.

—Oh vaya, creí haber cerrado la puerta con llave. —exclamó esta con una voz aflautada—. ¿Quiénes son ustedes?

Isidra se aclaró la garganta antes de intentar esbozar una respuesta.

—B-Bueno... nosotras solo... pasábamos por aquí... —Se volvió temblorosa hacia su amiga—. Ayudáme. No sé qué más decir.

La gorda asomó ligeramente la cabeza por encima de su hombro.

—Y entramos buscando algo para comer. —agregó en lo que la tripa de Isidra rugía de hambre.

La anfitriona se acomodó la corona bañada en brillantina y luego dijo—: Ooyh, pobrecitas. Se las ve bastante famélicas.

Gertrudis asintió con la cabeza.

—No se preocupen que yo misma les prepararé algo.

—Es usted muy amable, reina tiburona.

Esta esbozó una sonrisa.

—Gracias por lo de reina, cariño. El enorme trabajo que hago a diario para mantener unida la comunidad drag por estos lares no es algo que la gente valore mucho hoy día. Créeme, no es fácil venir de una estirpe cis-heteronormativa como la mía y convertirte de la noche a la mañana en una oveja negra.

Gertrudis se rascó una teta.

—¿Una loca emplumada en la familia? ¡Ay no, qué horror! ¿A quién carajos le importa lo que le pasa por la cabeza a un no-binario/bimonetario/tras-age/pansexual/transgénico? ¡A nadie en absoluto! Sí, mejor mantente alejado. No hables con el "rarito" si no quieres contagiarte.

—No entendí —exclamó Isidra, confundida.

La gorda se volvió hacia ella.

—Es puto, tarada. ¿Qué no entendés?

Por fortuna, la anfitriona no pareció escuchar lo que decían. En su lugar, se enjugó las lágrimas que comenzaban a asomar a sus ojos.

—Perdón —dijo entonces, quitándose la corona y el collar de perlas—. No fue mi intención hacer de esto un drama. —Colocó todo sobre la mesa ratona y se planchó un poco el vestido bordado que llevaba puesto—. Ahora, si me permiten, iré a prepararles algo de comer.

Una vez solas en el living, Isidra se dirigió a Gertrudis.

—Yo... Yo también lo siento, amiga.

—¿Eh?

—Por las tortas heladas.

—¡¡Mis tortas heladas!! Eran mías y me las arrebataste.

Isidra bajó la mirada.

—Sí, y no sé qué hacer para que ya no me odies por eso.

Gertrudis frunció el ceño.

—¿Odiarte? ¿Por qué te odiaría?

—V-Vos dijiste que...

—Olvídalo. El tibu-gay vendrá en cualquier momento con la comida y no quiero tener el estómago revuelto por andar discutiendo. Ahora, si querés redimirte por lo que hiciste, podrías cederme una parte de la porción de tu plato.

Isidra asintió y corrió a abrazarla. Sus brazos rodearon su cintura en la medida que pudieron.

—Ya, ya —exclamó esta, quitándosela de encima.

Isidra le regaló una sonrisa de pura felicidad.

—Gracias, amiga.

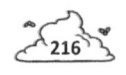

Como de costumbre, Gertrudis le guiñó un ojo cuando de repente un grito desgarrador procedente de la cocina las hizo saltar en el lugar.

—¡¡AY NOOOO! ¡¡NOOOOO!!

Ambas intercambiaron miradas.

—¿Qué hacemos?

—No lo sé.

—Vayamos a ver.

—Vos primera.

Juntas corrieron en dirección a los gritos.

—¡¡NOOO!! ¡¡NOOOOO!! ¡NOOOOOOO!!

—¡¿Qué?! ¡¿Qué pasa?!

—¡MIS HIJOS! ¡NO ESTÁN! —ladró la dueña de la casa—. ¡LOS DEJÉ AQUÍ Y DESAPARECIERON!

Isidra empalideció.

—L-Los huevos que...

—¡SÍ, LOS QUE HABÍA EN LA CESTA!

—¿E-Eran tus hijos?

Alterada, la reina drag dio vuelta toda la habitación.

—¡¿DÓNDE DIABLOS LOS ESCONDIERON?!

Ante semejante escándalo, Gertrudis apretó los puños. Estaba molesta con saber que, justo ahora mismo, nadie estaba ocupándose de su comida.

—¡¡DIGANME YA MISMO DÓNDE LOS METIERON!!

Isidra tragó saliva.

Un gorrión de mar pasó graznando fuera de la ventana.

Gertrudis volvió a rascarse una teta antes de confesar su crimen.

—Me los comí —soltó sin más.

—¿Q-Qué dijiste?

—¡DIJE QUE ME LOS COMÍ Y QUE SABÍAN HORRENDOS!

Al oír eso, la anfitriona de la casa dejó caer su mandíbula, revelando una boca colmada de puntiagudos y filosos dientes amarillos.

—D-Debemos irnos... —tartamudeó Isidra parada

detrás de su amiga en lo que, de pronto, una buena cantidad de espuma rabiosa comenzaba a formarse entre las fauces del travestido tiburón.

Gertrudis sopesó por un instante la idea de plantarse y dar pelea, pero no bien un coro de gruñidos broncos rompió el silencio en la sala, salió cagando leches de regreso al living. Corta de reflejos, Isidra la siguió detrás.

—¡¡PERRAAAS!! ¡¡ME LAS VAAAAN A PAGAR!!
—¡CORRÉ, BOLUDA! ¡CORRÉ!
—¡ESO HAGO!
Pero entonces...
—¡OUUHHH!
...presa de la inercia...
—¡MIEEERDA!
...la gorda se estrelló contra la pared abarrotada de cuadros familiares. Para darse una noción del estado en que esta quedó tras el impacto, bien podría el lector hacer la prueba de lanzar una bola de trescientos kilos contra un muro de Durlock, y con ello solo habrá obtenido una demostración a medias.

Isidra corrió rápidamente a socorrerla. La agarró por los hombros e intentó jalarla hacia ella, pero no tuvo éxito. Su cuerpo mastodóntico parecía haberse fusionado con el concreto, y sacarla de allí podría requerir de una maldita grúa.

—¡DEPRISA, AMIGA! ¡NO TENEMOS MUCHO TIEMPO!
—¿NO VES QUE NO ME PUEDO LEVANTAR, TARADA?

Sin dejar lo que estaba haciendo, Isidra volteó a mirar atrás. Y fue entonces que vio al tiburón (despojado ya de toda su fingida feminidad) parado justo detrás de ella. Su torso lucía mucho más henchido de lo que recordaba, y sus ojos azul profundo habían mudado a un rojo infierno.

Lo que sobrevino a continuación fue tan precipitado que apenas dio tiempo a reaccionar. Todo lo que Isidra alcanzó a hacer en cuanto aquel monstruo se cernió sobre ella fue alzar un brazo...

—¡¡AAAAAAAHHHHHH!!

...que quedó atrapado entre sus desgarradoras fauces...

—¡¡¡AAAAAAAAAAAAAAAAAAHHHHHHHHHHHHH HHHH!!!

...para acabar siendo arrancado de cuajo, más o menos a la altura del codo. Sangre a borbotones brotó de su muñón destrozado, del que ahora asomaban venas y arterias como cables saliendo de un tubo de fibra óptica.

El desgraciado mordisqueó un poco la extremidad antes de escupirla lejos. Esta rebotó contra la mesa ratona y terminó en el piso.

—¡AAAAAAAAAAAAHHHHHHHHHHH

Isidra continuó sollozando al tiempo que con la mano sana ejercía presión sobre la herida. ¡Diablos! Eso no iba a detener el sangrado. Por lo que había aprendido de las películas de terror que veía, necesitaba cauterizar el área o de lo contrario podría desangrarse.

Pero ahora mismo...

—¡¡NADIE... SE METE... CON MI FAMILIA!! —bramó la bestia marina, enardecida como que estaba. Una gran cantidad de baba iracunda goteaba de su boca abierta. Se golpeaba el pecho con las aletas pectorales como si fuese un maldito orangután, y sus fosas nasales liberaban vapor con cada respiración que daba—. ACABARÉ CON USTEDES, PUTAS ZORRAS. Y MÁS TARDE ME CENARÉ SU ASQUEROSA CARNE HUMANA.

Lo que recibió en respuesta fue un manguerazo de sangre directo a la cara.

Y luego...

¡POOOW!

...una trompada en el maxilar inferior que lo mandó a volar hacia el otro extremo de la habitación.

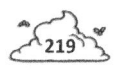

—¡CENÁTE ESA, MARICÓN DE MIERDA! —mugió una renovada y empoderada Gertrudis, de pie ahora frente a una pared que a duras penas conseguía mantenerse incólume.

Luego de aterrizar encima de la mesa ratona, el tiburón se levantó y volvió la mirada hacia su oponente. Una llamarada de fuego pareció recrudecer en sus ojos.

—PAGARÁS POR ESTO. VOS Y TU ESTÚPIDA AMIGUITA.

La gorda se quitó un poco el polvo del cuerpo y dio un paso al frente.

—BIEN —dijo, haciendo tronar sus nudillos—. ARREGLEMOS ESTO.

Mientras tanto, Isidra se arrastraba malherida hacia la esquina opuesta. Poco a poco, la adrenalina inicial remitía y un dolor lacerante comenzaba a apoderarse de ella. Echada en el suelo con la espalda pegada a la pared, se sintió abatida. Coágulos negros goteaban ahora de la contusión y se extendían entre los surcos de las baldosas. Ver cómo la vida se le escurría entre las manos hizo que un escalofrío le bajara por el espinazo.

Voy a morir, se dijo.

Pero una parte dentro suyo se negaba a aceptarlo, por lo que enseguida se obligó a pensar en otra cosa. Alzó la cabeza y miró a su amiga enfrascada en una pelea cuerpo a cuerpo contra... ¿Qué era? ¿Un tiburón blanco? No estaba segura, ya que nunca antes había visto uno. Sí sabía que existían varias especies, pero aun así no sabría cómo distinguir a cuál de ellas pertenecía.

Como sea, lo cierto es que en ese momento el tereso estaba ligándose una paliza formidable. Gertrudis lo tenía agarradito del cogote con lo que popularmente se conoce como "maniobra mataleón", y le descargaba un puñetazo tras otro en la cara.

—ESTO ES POR NO PREPARARME LA COMIDA.
¡POOOW!
—POR HACERME CORRER.
¡POOOOOOW!

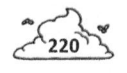

Lo soltó un instante y corrió hacia el televisor. Enardecida, lo alzó con ambas manos sobre su cabeza y...

—¡Y ESTO... ES POR SER UN PUTO DISFRAZADO!

...se lo estrelló contra la cabeza.

El tipo se bamboleó cual borracho y luego se desplomó en el suelo, y allí bien tieso se quedó. Antes de ir donde su amiga, Gertrudis le lanzó un gargajo.

—Che boluda...

Isidra irguió la cabeza tanto como pudo y la miró a los ojos. A tientas conseguía enfocar la vista, y su voz le llegaba como si fuera un susurro lejano.

—A-Amiga. —alcanzó a balbucear cuando de pronto la cara de la gorda comenzó a desfigurarse. Era como ver una imagen a través de una lente convexa o un caleidoscopio defectuoso.

—Me parece que esta vez me embarré la chabomba...

Isidra luchó por mantener erguida la cabeza.

—¿Me estás escuchando?

Cerró los ojos.

—Te digo que creo que me cagué la bombacha.

Y finalmente la conciencia se desvaneció.

✳✳✳

Abrió grandes los ojos en cuanto un poco de aire viciado ingresó a sus pulmones. Desconcertada, se fue enderezando en el asiento. Todavía podía sentir una nalga acalambrada y esa picazón insistente en el crico. Una nube apestosa sobrevolaba su cabeza medio embotada por el calor que hacía en aquel autobús. Por fortuna, el lodo gástrico que había en el suelo ya no estaba.

¡Mierda! Tuve que haberlo soñado, se dijo mientras se palpaba los pechos en busca de la mancha seminal. Pronto descubrió que su piel seguía tersa y libre de imperfecciones como la recordaba. Y lo que era más sorprendente, aún contaba con todas sus extremidades.

Ya sosegada, echó un vistazo rápido a la pareja de ancianos que, pasillo mediante, estaba sentada justo al otro lado. Ambos bizqueaban ante los rayos de un sol que lentamente comenzaba a asomar por el horizonte. El hombre, que se hallaba contra la ventana, corrió la cortina y se echó a dormir.

En eso, la voz de Gertrudis la sacó de su ensimismamiento.

—Che, tarada. ¿Te comieron la lengua los ratones o qué?

Isidra se volvió hacia la gorda, cuyos brazos estaban sumergidos hasta los codos dentro de la pequeña lonchera que traía consigo.

—¿Qué pasó, amiga?

—Me manché la puta ropa interior. ¿Vas a hacer que te lo repita otra vez?

—P-Perdón. Creo que me quedé dormida.

—Lo que digas. ¿Trajiste una de más por casualidad? —preguntó la gorda en lo que le entraba al decimocuarto sándwich.

—Sí —replicó Isidra, viendo cómo el trozo descendía por su garganta sin ser deglutido—. Creo que tengo una en la maleta.

Gertrudis hizo desaparecer lo que quedaba del emparedado y luego soltó un eructo estridente.

—Bien. La tomaré cuando lleguemos.

Isidra asintió pese a que, en el fondo, lamentaba tener que renunciar a una de sus prendas. En cuanto la gorda se la probase, su elástico ya nunca más volvería a quedar como antes.

—Hablando de eso —dijo, rascándose la entrepierna por la comezón—. Ya estamos cerca, ¿verdad?

Con una mano manchada de lo que debía de ser mayonesa, Gertrudis descorrió la cortina de la ventana a su lado. La vista daba a un paisaje bastante rupestre, con algunos salpicones de vegetación aquí y allá, y uno que otro animal de pastoreo cada tanto.

—¡JA! —rio esta—. Decime vos si estamos cerca.

Isidra estiró el cuello por encima de ella y miró hacia afuera.

¡MIERDA!

Sus esperanzas de poner un pie fuera de este autobús infernal de una vez por todas se esfumaron al ver lo que ponía un cartel al costado de la carretera:

COSTA MIRADORENSE
A 100 KM.

"DESPUÉS DE LIMPIARSE EL CULO CON LA CORTINA DE BAÑO A FALTA DE PAPEL EN EL ROLLO, BULACIO REGRESÓ AL LIVING CON SUS AMIGOS"

CAP. 14 PÁG. 160
COMO BATIDO DE MIERDA 2

SOBRE LOS AUTORES

Martín Alejandro Calomino, mejor conocido como Martulín, nació un 24 de abril de 1990. Vivió por más de 20 años en Ciudadela y actualmente reside con su pareja en el barrio de Aldo Bonzi, zona oeste de la ciudad de Buenos Aires. Trabaja en una farmacia y en sus ratos libres lee o reseña en video algún libro (también sube algunas recetas de cocina, le encanta cocinar y comer), y lo comparte en su canal de YouTube, La mafia de los señaladores. Forma parte de varios grupos de lectura; disfruta compartir cualquier evento relacionado a ello, como desayunos, meriendas, ferias o presentaciones. Se considera un filántropo, ayudando activamente y siguiendo de cerca el progreso de los escritores. Al inicio de la pandemia colaboró con la distribución de la Antología Romántica Multiautor Viajeras, haciendo de nexo entre el escritor y el lector, lo que hizo que se ganara el título de Delivery Boy. Participó en "Relatos Mierdosos" y esta es su segunda colaboración.

Juan Pablo Rousseaux. Nació en 1976, en Buenos Aires, Argentina. Es periodista, crítico de cine, counselor y lector avezado. Publica en sus redes todo lo que fue y está leyendo desde que tenía 10 años. A partir de 2023 realiza trabajos como corrector y lector editorial. El relato aquí es su primer escrito publicado.

Maximiliano Guzmán. Nació en 1991, en Catamarca, Argentina. Estudió Cine y Televisión en La Universidad Nacional de Córdoba. Es autor de Hamacas (Editorial Zona Borde) y editor en la revista digital "La Tuerca Andante". Ha publicado cuentos en las siguientes revistas: Argentina: Espacio Menesunda, Revista Gualicho, Diario Hoy Día, El Rompehielos, El Ganso Negro, Los Asesinos Tímidos, La Mancha Zine, Salvaje Sur, Revista Catarsis, Revista Clarice, Curanderozine. Chile: Revista Kuma, Chile del Terror, Revista Phantasma. México: Revista Delatripa, Revista Hueco, Revista Rito, Revista Escafandra, Revista Anapoyesis, Revista Óclesis, Cósmica Fanzine, Alas de cuervo. Perú: Letras y Demonios. Ecuador: Teoría Ómicron. USA: Flash Digest, In The Veins, Necksnap magazine. Uruguay: Antología de Ciencia Ficción Dura y Erótica de Editorial Solaris de Uruguay. Cuba: Antología Anónimos Escribas de Editorial Laia.

José María Calvo. Nació en 1982, en la ciudad de Banfield, Argentina. Estudió Filosofía y Letras, y actualmente cursa la carrera de Psicología. Lector empedernido y amante de las tramas de suspenso. Comenzó a publicar a partir del 2012, aunque sus borradores datan de mucho antes. Participó en numerosas convocatorias y concursos literarios, como Ediber y SADE Moreno, también escribió para revistas de interés cultural (en la que destaca Avatares Letras, de Marta Rosa Mutti) y sus cuentos fueron publicados por el diario La Voz del pueblo. Participó en la realización y co-conducción de El Atemporal, programa de radio de la revista homónima, que buscaba difundir artistas nuevos en breves ediciones impresas.

Franco Rozano. Nació el 20 de octubre del 2000 en Buenos Aires, Argentina. Si bien era un lector esporádico, su encuentro casual con "Los crímenes de la calle Morgue" en una tarde de ocio fue lo que despertó su amor por la lectura. Amante de "Viaje al centro de la tierra" y de los libros clásicos. Sus escritores favoritos son Edgar Allan Poe, William Shakespeare, Julio Verne y Stephen King. Ellos fueron la inspiración para que este joven escritor se lance con su primera novela "Santos crímenes en el bosque" (segunda edición) publicada en 2024, y su antología de cuentos "El retrato y otras narraciones", en 2022. Es el fundador del sello editorial Navius. Participó en "Relatos Mierdosos" y esta es su segunda colaboración.

Erika Wolfenson. Nació en la ciudad de Buenos Aires, en 1979. Es licenciada en Organización Industrial y tiene un emprendimiento de Arte & Deco. Está en pareja hace 16 años y es mamá de dos hijos. Es una gran apasionada de la lectura y la escritura, que le han servido toda su vida como una suerte de terapia. Hace más de cuatro años comenzó a realizar un taller literario, lo que la motivó a cumplir su sueño de escribir las historias que siempre sintió en el alma. Así fue como surgió «Mataré por ti», su primera novela, que ahonda en lo más profundo del ser humano; en la culpa, el perdón, la constancia y el amor en todas sus formas. Acaba de publicar su segunda novela «El monstruo que nos habita», donde nos lleva a un sinuoso camino hacia el autodescubrimiento, a plantearnos que todo lo que vivimos y vemos es real, profundizando en la empatía, en esa capacidad de poder ponerse en los zapatos de los demás. También es autora de "Cuando hable el viento". Participó en "Relatos Mierdosos" y esta es su segunda colaboración.

Emanuel Oscar Melis. Nacido en 1992 en la Ciudad Autónoma de Buenos Aires, Argentina. Es fanático del anime y le gusta pasar tiempo jugando videojuegos con sus amigos vírgenes. Participó en "Relatos Mierdosos" y esta es su segunda colaboración.

Hugo Frankenstein. Nació el 25 de diciembre de 1989 (justo en navidad como el niño Jesús) en Florencio Varela, provincia de Buenos Aires, Argentina. Empezó a leer al poco tiempo de aprender a caminar. Escribe desde muy chico, imitando a sus héroes literarios del momento. Leyó a García Márquez y Ray Bradbury. Más tarde a Bukowski y José Sbarra, quienes le marcaron el camino. Es también dramaturgo y en Instagram (@cuentistaborder.) puede encontrarse todo su material hasta la fecha. Asegura que el arte es su vida y que escribe para no morir.

Melisa Rey. Nacida en 1992 en Buenos Aires, Argentina. Criada en Mataderos, es actualmente estudiante de la carrera de abogacía en la UNLAM. Disfruta leer y ver pelis de terror. Como buen amante de los libros creyó que podía escribir, pero ahora piensa que mejor debería dedicarse a seguir estudiando. Desde ya, pide disculpas por los minutos perdidos leyendo su cuento, pero no se hacen devoluciones.

Natalia Belén Alvez. Nacida en 1993, en Buenos Aires, Argentina. Estudia Pedagogía y actualmente trabaja de niñera. Tiene preferencias por la animación en audiovisuales, y pasar tiempo con sus dos hermanas y en familia. Participó en "Relatos Mierdosos" y esta es su segunda colaboración.

Milo A. Russo. Nació en 1983 en la ciudad de Buenos Aires, Argentina. De formación técnica, en algún momento se enamoró de una vieja máquina de escribir y comenzó a mecanografía sus primeros cuentos y manuscritos. En 2020 publicó su primer libro de cuentos "A la vuelta de la esquina" en el que un grupo de personajes de lo más inverosímiles se pasean por calles del barrio porteño de Flores. Colaboró en varias antologías (Metanoia, Cafés de Buenos Aires, Relatos Miedosos) y en 2022 publicó "Una Noche en la Taberna sin Nombre", una novela de aventuras y piratas que se burla de los clásicos y abre las puertas de su propio mundo ficticio, en el que ya está viviendo desde hace un tiempo.

Hernán M. Ferrari. Nacido en 1979 en la Ciudad Autónoma de Buenos Aires, Argentina. Estudió Dirección Cinematográfica y forma parte del staff del ciclo de cine "Martes del Terror" (Salón Pueyrredón, CABA 2008-2012/2024). Publicó en antologías y revistas digitales de Perú, España, Argentina, México y Estados Unidos. Finalista en el I Certamen de novela Café Madrid con "La inflexión del codo" (Spectrum, 2018 – España). Obtuvo una Mención de Honor en el festival "Terror Córdoba" por el cuento "Una partida de naipes" (Especial Gualicho, 2020). Es editor de la revista de terror, gore y afines "Curandero 'zine". Podés seguirlo en @curandero.zine y/o @hm.ferrari.

Andrés Francisco García Santana. Nacido en 1984, en Ciudad Satélite, México. Es adicto a la literatura y al cine de terror desde su más tierna infancia. A los pocos meses de nacer cambió los picantes de México y el día de los muertos por el frío y la cerveza, ya que emigró junto a su madre a Düsseldorf, Alemania. En esas tierras vivió los primeros siete años de su vida hasta que en

1992 la familia volvió a Granada, España. Viviendo en una ciudad multicultural, su espíritu de escritor se forjó poco a poco a la sombra de La Alhambra. Aunque solía escribir de vez en cuando (ya que no era una afición que se tomase demasiado en serio), fue un 4 de noviembre de 2019 que creó una cuenta de Bookgram donde poco a poco fue creciendo y conociendo a escritores, editores y demás personas relacionadas con el mundo literario. Esto le dio la oportunidad de tener un blog donde al día de hoy lleva realizadas unas 60 entrevistas. Con algunos de estos escritores cultivó una profunda amistad que lo llevó a tomarse en serio la escritura y comenzó a publicar. Así fue como acabó participando en la antología de terror titulada "Regalos Macabros" publicada en 2022, donde tuvo la suerte y el honor de compartir páginas con dos grandes del terror español como son Rain Cross y Tamara López (Chica sombra) y dos excelentes escritores que darán mucho que hablar en el futuro. Ellos son Oscar M. Anton y Cristian Leonel González. Puedes encontrar al autor en su instagram, pasillodebiblioteca, y leer sus entrevistas en pasillodebiblioteca.blogspot.com. Participó en "Relatos Mierdosos" y esta es su segunda colaboración.

Elizabeth Rivadeneira. Nacida el 27 de noviembre de 1982, en San Miguel de Tucumán, Argentina. Escritora, fotógrafa, audiovisualista, psicóloga social, diseñadora gráfica y gestora cultural. Entre sus obras se encuentran "Reina Blanca", "La rebelión del cordero", además de dos antologías con relatos propios junto a otros destacados autores argentinos: "Desde las Sombras" y "Susurros y pesadillas". Actualmente dirige la editorial Entramar y conduce el programa radial que lleva el mismo nombre por radio Punto cero. Coordina talleres de fotografía y de narrativa terapéutica.

Cristian Rubén Melis. Nació el 26 de septiembre de 1989, en la Ciudad Autónoma de Buenos Aires, Argentina. Es un abogado fracasado que trabaja en el Registro de la Propiedad Inmueble de CABA. Cuando no está tomando mate, mira el noticiero. Y cuando no, traduce alguno de los miles de libros que colecciona en inglés. Solo cuando pinta y le pican las bolas, se sienta a escribir historias bizarras plagadas de sexo enfermizo con alto contenido escatológico. Quienes lo han visto dar vida a su obra "COMO BATIDO DE MIERDA", aseguran que lo hizo con una mano en el teclado y otro dentro del calzón.

UN ADELANTO DE COMO BATIDO DE MIERDA 3

La encontró caminando sola al costado de la ruta, bamboleando un culo de ensueño... de esos que producen una dolorosa erección imposible de domar.

—¡¡¡Ese ojete está para entierro y encremación!!! —aulló el oficial Eladio Sanjurjo, volanteando como un desquiciado el patrullero hacia el cordón de la vereda. Bajó la velocidad y avanzó a paso de hombre.

La mujer escuchó el sonido del motor y se volvió sin detener la marcha. Un tipo con una estúpida sonrisa plagada de dientes amarillos como granos de choclo no le quitaba los ojos de encima.

Otro puto paisano con uniforme de policía. Estaba cansada de tener que llevarse la pija de imbéciles como este a la boca a diario, de recibir su sucia crema de bolas en el fondo del colon. Quería retirarse de una buena vez, empezar una vida nueva en otra parte y ser feliz. Pero sabía que eso era imposible, y que, vista su situación económica, aun le quedaba mucha más esperma por tragar.

—Buenas noches, oficial —exclamó finalmente en un fingido beboteo.

La uretra dilatada de Eladio escupió dos gotas de extracto testicular en cuanto la mina dejó caer sus manos sobre la ventanilla baja del coche.

—H-Hola. —luchó por reconectar su boca al cerebro que anidaba en la planta alta, justo donde estaba la caja craneal.

—Otilia.

—¿Perdón?

—Otilia es mi nombre.

Nombre de puta, reconoció el oficial sin apartar los ojos de sus tetas.

—¿Trabajando?

—Bueno... —dijo ella, extendiendo una mano para acariciarle la solapa del uniforme—, en realidad estaba volviendo a casa. Fue una noche muy larga, oficial.

Mientras hablaba, le soltó un poco de aliento a verga en la cara. Eladio frunció la nariz al inhalarlo.

—Estaba pensando que, tal vez, si usted acepta llevarme a casa, yo podría...

—¿Cuánto por un "desagote por el garguero"?

—¿Va a llevarme a casa?

Por primera vez en la noche, el oficial quitó los ojos de sus tetas para mirarla a los ojos.

—Tengo una idea mejor —dijo, y abrió la puerta del asiento del acompañante.

La prostituta lo miró por un momento antes de bordear el frente del patrullero hacia el otro lado. Se subió algo dubitativa y cerró la puerta con más fuerza de lo que habría querido.

—Por favor, dígame que no es de esos pervertidos que suben minas o travestis para que se los garchen.

Eladio soltó una risita.

—Nada de eso. Solo necesito que me hagas compañía esta noche.

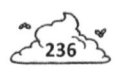

Antes de que la mujer hiciera otra pregunta, el oficial encendió las sirenas y aceleró el coche patrulla. Condujo sin frenar en ningún semáforo y tomó el camino que llevaba a la zona portuaria.

—¿Qué es este lugar? —quiso saber Otilia. Por seguridad, siempre mantenía relaciones sexuales con sus clientes en el interior de un auto o en albergues transitorios.

Eladio aparcó detrás de un árbol y apagó el motor.

—Aquí es donde esperaremos —dijo y sacó del bolsillo de su chaqueta un paquete de cigarrillos—. ¿Quieres uno?

Otilia miró más allá del parabrisas el inmenso barco que se alzaba como una pared de metal enchapado a su izquierda.

—¿Qué carajos?

—Imponente, ¿verdad?

—¿Qué hacemos aquí? ¿Para qué me trajiste?

—Ya te dije. Necesito que me hagas compañía. Pagaré por tu tiempo y por una peteada.

Otilia parpadeó un par de veces, confundida.

—Está bien —dijo y se dejó caer sobre el respaldo del asiento. Luego se volvió hacia el oficial y agregó—: ¿Qué tal si me pagas ahora?

Eladio bajó la ventanilla y encendió un cigarro.

—No puedo —replicó tras dar una pitada y soltar el humo por la boca—. No tendré el dinero hasta que no hayamos cerrado el "trato" por el que estamos aquí.

—¿D-De qué...?

—A ver nena. —la cortó el oficial, arrojando la colilla fuera de la ventana—. Ya te escuché demasiado. Te traje para que ocuparas tu boca con mi verga, no para oírte hablar toda la noche.

Cerró la ventanilla y se bajó la bragueta. De un calzón descolorido y agujereado, extrajo su pene a medio izar. Luego, se escupió un flemón en la mano y se la restregó a lo largo del eje. Un par de pelotas sin rasurar descansaban sobre el tapizado del asiento.

—Es hora de ganarse el pan, cariño. —dijo, apuntándole el ojo cíclope directo a la cara—. Mi amigo necesita atención.

Otilia estaba tan acostumbrada a ese tipo de comentarios machirulos que ni siquiera se tomó la molestia de enojarse. Después de todo, en eso consistía su trabajo.

Cuando adolescente creía que había nacido para ser una reconocida empresaria. Soñaba alto, por lo que estudió tanto como su cerebro se lo permitió. Pasó noches enteras sin dormir, sí, y también sufrió de estrés. Lo dio todo, aunque lo único que alcanzó en la vida fue terminar la escuela primaria.

Lamento madre no ser esa mujer que soñabas que fuera, se dijo a su pesar. Sin embargo, puede que la vida no la haya dotado con el mejor cerebro del mundo, pero sí le había otorgado una habilidad con la que el resto de prostitutas no contaba...

—Podría chuparte la pija hasta dejarte bizco —exclamó mientras se recogía el cabello en una cola—, pero tengo algo que podría gustarte más.

Mirándola con cara de libidinoso, Eladio se sacudió la carne de la entrepierna como si de una serpiente se tratara.

—Veamos qué tienes.

La prostituta se llevó una mano a la cara y...

¡Plop!

...se quitó el ojo derecho.

—¡¿Qué carajos...?!

—Prepárese para recibir la mejor mamada ocular de su vida, oficial. —alardeó Otilia. Se guardó el apéndice en el hueco del escote y acercó la cara a su miembro.

Eladio abandonó de inmediato el espanto por una deliciosa sacudida de placer. Con cada cabeceada podía sentir el glande golpetear el fondo de la cuenca.

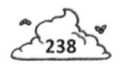

—¡Ooooohhhhhh! —orgasmeó. Su respiración agitada pronto hizo que los vidrios del patrullero se empañasen.

Sin aminorar el ritmo, la puta continuó cabeceándole el bicho al tiempo que con una mano le masajeaba las bolas cual prestidigitadora profesional.

—¡Ya viene! ¡Ya vieeeene! —aulló el oficial cuando repente un golpe en la ventanilla lo sobresaltó—. ¡¡Mierda!!

Otilia se retiró a su asiento con la prisa de quien acaba de ser descubierto cometiendo un hecho ilícito.

—Solo dame un minuto. —Eladio se guardó el muñeco en el lompa y bajó la ventanilla.

Justo afuera, un hombre enfundado en un traje náutico lo observaba con desprecio.

—¿Dónde están tus hombres? —dijo con un tono cansino.

—Llegarán en cualquier momento.

El hombre se arrimó a la ventanilla y estiró el cuello dentro. El oficial tuvo que inclinarse hacia atrás para evitarlo.

—A ver si entiendo bien lo que pasa aquí. ¿Haces que pierda mi tiempo esperando mientras tú te haces tirar la piola?

Eladio tragó saliva. Lo último que necesitaba era que este tipo se enculara, y el "trato" que tenían acabara en el retrete. En ese caso, ¿qué le diría a su superior inmediato?

—Verá, yo...

—¡Sh! No necesito ninguna de tus estúpidas excusas. —lo calló el hombre. Y luego, ofreciéndole una carilina a la puta, dijo—: Y vos límpiate esa salsa del ojo.

Otilia le regaló una sonrisa e hizo lo que le pidió. Arrojó el papel bajo el asiento y volvió a colocarse el ojo en su lugar.

El hombre se enderezó fuera del patrullero y metió una mano en el bolsillo de su pantalón. Sin quitar los ojos ahora del oficial, extrajo un fajo de dinero y se lo arrojó.

—Tenés diez minutos para hacer el trabajo. —le soltó antes de regresar al barco.

Eladio suspiró de alivio.

La puta miró por un momento el dinero entre las piernas de su cliente y dijo—: Creo que es hora de pagarme, cariño.

El oficial asintió con la cabeza. Tomó unos billetes del fajo cuando de pronto...

¡Brip! ¡Brip!

...se oyó el crepitar de la radio.

—¿Estás ahí, Eladio? Escucha. Olvídate del operativo de esta noche. Hubo un inconveniente y nadie podrá ir para allá .... Eladio, ¿me escuchas?

¡MIERDA!

PRÓXIMAMENTE...

Made in United States
Orlando, FL
17 February 2025